為什麼
我寫的企劃案
沒有說服力？

6分鐘學會……
充分傳達內容、情感的共感寫作法

中野巧 著

王昱婷 譯

以一個人的力量來撼動全世界！

日本第一行銷大師 神田昌典

可以增強文章力的書籍？！這是詐騙集團的騙術吧。

只要照著書中的教學書寫，掌握鼓動人類行為的要素，接著再如此這般地組合起來，就能寫出極具感染力的文章……就像是喝下提神飲料般，讓人文思泉湧，有如神助。

只是，照這些方法寫出來的文章，我個人認為，很矯情。

身為一個書寫鼓動人類行為的文章專家，截至目前為止，我已修改過數千人的文章。

有許多銷售百萬本以上的暢銷書，還在打字階段就已經被我潤飾過；現今日本多位知名工商業界領袖，也是因為我的書寫而讓他們展露頭角。

但是，我還是不得不說實話：文章寫得好的人，多半是因為他們本來就很能寫。

寫文章有沒有所謂的技巧問題？

稍微傳授一下技巧，不知不覺間建立起自己的書寫模式，完美表現出自己的特色，讓人瞬間就能運用文字的力量，獲得多數人的支持，在專業領域闖出一片天，並且獲得媒體的青睞。

這種技巧只要稍微提點一下，的確能學習模仿得來。但是……

寫文章有沒有所謂的技巧問題？

當字彙被一個個連綴起來，書寫者的心房被開啟時，其內心深處澄澈的光芒，也會隨之投射出來。那道光芒也會同時照亮閱讀者內心，甚至直達陽光照射不到的角落，重新連接起彼此早已斷絕的「連結」。

這就是文章書寫的過程。

所以，市面上那些講授文章術之類的書籍，我認為都是騙人的謊言。

但是，有個人顛覆了我的想法，他就是「中野巧」。

老實說，我並不訝異他能寫出動人、巧妙的文章。但令我驚訝的是，他為了量產出巧妙文章所設計出來的文章產生方式。

除了起承轉合，還需要？

中野巧的文章力完全崩解了我過去的認知，甚至全面改觀。

我曾經經營過一個讓年輕商務人士互相交流的論壇，成功創造出許多對社會有多方貢獻的開發專案。要能提出專案，就必須結集各方人才；要讓專案上軌道，則需要資金。

為了能達到這些目標，自始至終，需要的關鍵都在「文字」。

提出構想、著手企劃、公開發表、邀集投資者……等過程都需要文字的力量。亦即，現今可以說是若無法寫出好文章，不要說賺錢，就連當個不收費的義工可能都做不到的時代。

我經常收到這樣的詢問：

「神田先生，這是這次的企劃案，您覺得內容有沒有要加強的地方？」

有一次，我又接到這樣的諮詢訊息。當時，我心想不妙，八成又得花許多時間修改。

然而，我讀了傳送過來的文章之後……

「這是誰寫的呢？」我如此回覆。

如果答案是某個人的話，那麼我認為這個人的確具備曠世才華，這次終於要嶄露頭角了，但最後我獲得的回應，卻是許多人的名字。

這群人所書寫的文章，讓人從頭到尾一口氣讀完，不僅條理貫通，而且充分理解閱讀者的需求。更令人驚嘆的是，這篇文章將書寫者的才華以及資質，完美地以文字呈現出來。

「不‧可‧能。一般上班族為什麼能寫出這種極具說服力的文章？」

引發這種變革的人就是中野巧以及他所開發出來、以一張圖表為根本的「共感寫作法」。

這是一張製造文章的圖表。

一般來說，文章有所謂起承轉合的書寫形式，而這只是一種連結文章樣式的寫作順序。學校裡的文章寫作也是教授起承轉合。亦即，除此之外，沒有其他技巧。

所以，當要寫作文、論文、企劃書時，只要沒頭緒，手就會就此停住。手一停住，就會完全寫不出文字，壓力指數飆升。最後，產生許多受困於黑暗中、懊惱自己沒有文字才華的人。

不是這樣的！文章書寫並不是依照「書寫者必須寫出」什麼、如何書寫的順序來寫出「你想表達的內容」，而是必須轉換成「閱讀者想知道的是」什麼、如何書寫的邏輯。

日本誇耀世界的獨創文章寫作法

傳統書寫形式本身所制定的、沒有融通性的內容，並無法將書寫者內心深處流動的美妙樂聲投射到文章上，只是複製或剪貼格式化文字，毫無情

感、韻味。

而中野巧將解決這些不容忽視寫作問題的妙方，全都包含在這張他所獨創的共感寫作法裡。

我甚至可以直接宣稱，這個結合理論的一貫性以及情感力量的寫作方式，可以說是全世界獨一無二的創新技巧。

這是日本獨步世界的文章寫作法。

這個父母均為建築家、在設計的世界耳濡目染的男子，利用建築的概念設計出文章的寫作模式，創造有效率、效果的文章法。

但我驚訝的不只是這樣的概念。

因為這個共感寫作法不只是讓大人變得會寫文章，也吸引了許多從小學到大學對於指導學生寫作感到困擾的教師們。

最難能可貴是，這個創新的寫作法讓過去無論再怎麼努力也寫不出好文章的學生們，都能寫出令人驚艷的文章。而在此之前，這些孩子們都非常討厭上國文課，尤其是作文。

這種能夠讓孩子們變得喜歡寫作的引導方式，可以說是劃時代的文章技巧。因為，書寫文章是發現自己才能的過程，延伸這個過程，就能產生更多才能覺醒的人才。

用文字的力量獲得創造社會的能力

一般來說，共感寫作的重要骨幹有：

- 理解對方的過程
- 理解社會的過程
- 理解自己的過程

藉由歷經這些過程、藉由探索內在的行動，讓自己以外的世界，也就是社會為之轉動。亦即，藉由利用共感寫作的文字力量獲得創造社會的能力。

其實，這樣的文字教育早已行之有年。從本書所舉的範例中即可知道，在學中的孩子們只是輸給那些較早拿到這本書的大人們而已。

雖然提到教育界，但共感寫作原本只是為了大人們的工作能夠達成目標而提出的文章法。

更明確地說，如果你不擅長書寫文章，卻又希望部落格或臉書獲得更多人的支持；希望除了自己外，同事以及公司所有員工都能提高文章寫作能力，那麼最快、最好的方式就是開始使用共感寫作。

全體共同對商品產生更深的理解、對社會產生更深的理解，進而重新自我理解。而共感寫作法就是將這樣的價值創造過程，以書寫的方式完整地呈現出來。

而令我們驕傲的是，這個在當今知識爆炸時代不可或缺的魔法文章寫作法，來自於日本。

我認為這也是日本可以用來向全世界宣揚的價值觀。

所以無論如何，請先看看這本書吧。

然後，拿出紙筆，邊走邊寫也可以，試著使用本書附上的共感寫作圖表。

在短短六分鐘之後，你可能就會發現自己想要書寫的內容，等你回過神來，已經輸入電腦中了。等文章完成後，請再次閱讀從自己腦海中泉湧出的文句所連結而成的文章。

「想以一個人的力量來撼動全世界根本是不可能的任務！」

我相信，這樣的想法肯定會被瓦解。

動筆之前，到底擁有多少爆發力？

要打動別人的心其實並不需要「文章力」。

「能寫出優美文章當然是再好也不過了，但我一直以來都沒什麼文筆，現在更沒有時間練習……我還有救嗎？」本書就是寫給像這樣還沒有完全放棄的你。

你只要像玩遊戲般【填空→貼上→連結】，把文章拼出想要的樣貌，成果就能立即展現。

是不是覺得就像魔法一樣不可思議？想不想試試看？

開始書寫文章前的六分鐘時間裡，這段一直以來老是被忽視的空白，究竟擁有多大的爆發力？只要用心感受本書傳授的方式，也許你也會贊同「寫作根本不需要文章力」的說法。

本書的目的，以一貫之的意思就是喚起內心的共感力、讓你下筆有如神助，立刻寫出「吸引人心的文章」。而必備物品，只是填滿一張簡單的圖表而已。這六分鐘裡的前五分鐘，只要盡情挖掘出腦中獨一無二的訊息，剩下的一分鐘，就是將這些訊息重新排列組合，接下來，連你自己都會感到驚訝，充滿共感力的文章就會自然而然地產生。

我創造了這個文章法，目的就是讓工作更有效率。在過去這十年間，包括網路行銷在內，我持續不斷地書寫，以文章專家的身分參與各項專案。例如：兩個月內創造七百萬日圓營業額的商品行銷郵件；將一般效果達成

率約只有 0.1％的電子報提升至 7.1％。此外，更藉由文字提昇優良企業的營業額、短期間內提高客戶的成績。

截至目前為止，我所參與創作的文章中，可以就共通點及類型得出七個重點。我稱為「七個共感開關」。

我始終認為重要的事情其實都很單純，所以這本書即使是教授書寫，字數也很少，書籍本身很薄。但請相信我，讀完本書後，你的文章將會產生劇烈的改變。

精華全都在一張簡單的圖表裡

要寫出能讓他人產生共感、獲得成果的文章，就像是透過刺激平常用不到的肌肉，啟動開關，發揮出自身擁有的能力。因此，我認為只要打開「七個共感開關」的其中一個，或其中幾個就可以達到這個不可思議的效果。

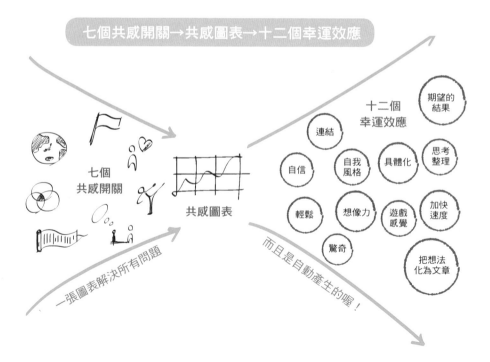

即使你尚未理解「七個共感開關」的意思，依然可以透過依序填寫這張我這十年來的文章寫作精華所製作成的圖表，來自動開啟「七個共感開關」。此外，開始使用這張圖表的你，同時也會擁有「十二個幸運效應」這個有力副產品。（請參閱頁 P.34 ～ 35）

共感寫作的基礎正是這張引發共感的神奇圖表，我取名為「共感圖表」。而我相信，接下來的時代將會是取得他人共感（empathy）重於一切的時代。

共感圖表剛開始是為了提升我個人工作效率而開發出來的一種文章寫作模式。初期主要是以一般經營者為主要使用者，接著也擴及到其他商務人士。在商業活動上，可以透過活用共感圖表，與他人產生共鳴，打動對方的心，使得營業額獲得大幅提升。也就是說，只要獲得共感便能達到計畫中的目的。

本書所提到的「共感」是指對方（閱讀者）的快樂與你（書寫者）的快樂交集的部分。

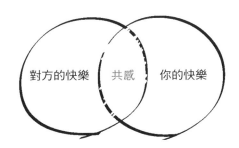

為何必要的不是文章力？

假設有位不會寫企劃案的商務人士，在追求夢想的過程中，很清楚自己的目的與對未來的想像，卻怎樣都無法用文字來呈現，也無法獲得他人的共感。你是否常會聽到他們如此抱怨：「明明是這麼棒的事情，為什麼大

家就是不懂？」

　　無法用文字來呈現，代表在現實生活中無法達成夢想，也代表著可能連自己本身也無法完全理解夢想的內容。可以想見，連本人都無法理解，當然也無法獲得他人的共鳴，使得多少夢想因為無法實現而就此消失無蹤。這就是我的寫照，十年前，二十六歲前的我。

　　但當寫出引發他人共感的文章後，你將會……

- 將自己的想法以及感受，用深富魅力的方式表現出來
- 利用網路流行的應用服務，推廣口碑
- 利用共感連鎖反應，自動增加追隨者
- 吸引具有同樣感受的夥伴及客戶

　　光是是否能寫出引發共鳴的文章這點，人生的品質就會有很大的差異。

　　瞭解「文章的品質創造人生的品質」的人，就會努力提昇文章力。我正是在體會到這一點後，開始拚了命地書寫「正確的文章」，並且「忠實傳達想法」。然而，過去的我從書店買來關於文章力的書籍，總是只能快速翻閱，卻又無法完整讀完，最終只能收納到書架上當裝飾品。接著，若在書店又看到關於文章力的書籍就又忍不住……如此模式惡性循環。多次失敗後，我得出一個結論。提高文章力的努力深富意義，但與結果並沒有確切的關連。

必要的不是文章力。

　　如果你不要求寫出正確的文章，而是想要寫出能夠打動人心，達到最終目標的文章呢？就如同我一再重複叮嚀的，重要的是：想要達到最終目標的你，最需要的並非文章力。

無須在提昇文章力上努力。因為這就像是沒有終點的馬拉松，所以不要再跑了。

「可是，話雖如此，但是有文章力還是有些幫助吧？」

當然，擁有文章力的確是好事，只是仔細想想，文章只是一種手段。你最在乎的其實是達到最終目標。

因此，別在意非必要的過程，先獲得成果再說。即使討厭寫文章、寫不好也無所謂，只要能獲得成果，文章力自然會獲得提升。就像是享受運動樂趣時，其實同時也在鍛練身體般，再自然也不過。

商務人士到小學生都能活用

本書的目的並不是要傳達如何書寫出正確的文章，因為這是本利用文章達到成果的書籍。

事實上，從每年平均有五百位等候補位的講座以及企業員工進修課程中，得知許多學會共感寫作並馬上活用者曾陸續獲得以下成果：

- 臉書上的按「讚」數從 0 → 232。吸睛成果多出三倍！
- 只寄出一次電子報，講座便在 5 小時內客滿，營業額高達 120 萬日圓！
- 傳單的反應率成長至十一倍！
- 費用高達 3 萬日圓的講座只剩四個名額，鎖定四個對象寄出電子邀請信函後，全員參加，講座隨即客滿！
- 原本只有三十名參加者，音樂會介紹文章刊出後，成長成六十八名！
- 1 萬 5750 日圓的活動參加人數瞬間滿額，成功聚集了一千二百位參加者。
- 課後活動企劃獲得空前成功，參加活動人數增加五倍。
- 滯銷高價商品一週內銷售四件。

● 單靠修改介紹文字，10 萬日圓高價講座的招生率增為 300%。

而且我還發現包括 TOYOTA、SONY、三菱東京 UFJ 銀行、TOSHIBA、富士通、DeNA 等日本代表性企業員工均廣泛應用這個高效率、高達成率寫作法。甚至超越商業領域，部分小學的畢業文集、作文指導、公立高中的作文教學、大學論文寫作，也都活用了這份圖表。

就一個旁觀者而言，或許會認為共感圖表（共感寫作）只是單純是一種提高營業額的工具。其實不然。若這只是一種如此單純表面的方法論，就不會有女高中生利用這種文章術來撰寫履歷表；也不會有人在寫信給太太感謝她的貢獻時，使用這張圖表；更不用說，從小學、高中到大學的研究人員的有效活用了。

真實案例多不勝數。能夠在短期間內達到這樣的成果，他們的文章力，也就是書寫「正確文章」的能力，相信應該已獲得一定程度的提昇。然而事實卻非如此，當然多寫文章，文章力就會自然提昇，但並無法在短期間內變好。

那麼，那些人身上到底發生了什麼事呢？

召喚共感力，文章將出現戲劇性變化

重點並不在文章力那種枝微末節的能力，而是感受存在於自己的內心，就像根幹般存在的「共感力」。只要根幹穩固，就能培育出繁茂的枝葉。

亦即，要能獲得成果，對你而言，必要的並非是文章力，而是引起共鳴的能力，亦即共感力。

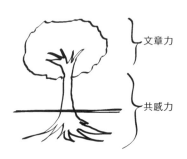

文章力

共感力

「但不提昇文章力，沒問題嗎？」

99％的人都有相當大的誤解。事實上，文筆普通也能達到成果。否則，高中時代國文成績滿分十級分只拿到兩級分不及格分數的我，理應也無法把寫文章當成工作。

照這樣的邏輯，從小學起就開始接觸作文的日本人理應擁有最基本的文章力，但事實並非如此。所以這也表示，文章力並非單純學習就能獲得期望中成果的能力。

許多人也許認為只要能擁有文章力就能獲得一定的成就，但想提升這方面的能力，卻總是進步有限。努力後的成果令人沮喪。

讓你具有書寫「正確文章」能力的是學校沒教過卻又能確實獲得成果、喚起共感力的能力，而這樣的能力將把沉睡在你內在深處的潛能，瞬間敲醒。

你將會驚訝地發現，共感力會讓你在瞬間感受到自己文章的不同，產生相見恨晚的感受。

善用共感力控制人生的時代

在各種簡單、免費的通訊軟體日益成熟的現今，「共感」讓人與人之間的連繫有了無限的可能。特別像是擁有超過十億使用者的臉書，可說是全球最大的「國度」，也是一個前所未有，任何人都可以輕鬆向多數人傳遞訊息、機會俯拾皆是的時代。

一直以來，人們將「資訊發送者」與「資訊接收者」的概念完全分開，接收者要成為發送者，必須兼備運氣、努力及才能。但現在只要願意，任何人都可以成為資訊發送者。若能進一步獲得共感，自己的想法及訊息便

極有可能發送至全世界。

在「人人都是媒體時代」，透過「共感的牽絆」，你的才能可以幫助某個人，而某個人的才能也可以幫助你，才能使社會變得更豐富，開啟我們共同的未來。

也就是，寫出共感文章的人便能控制人生。

在本書出版之前，共感圖表（共感寫作）就受到歐洲商業暢銷書《獲利世代》作者亞歷山大．奧斯瓦爾德的矚目，也有來自中國方面的詢問，由此可見，接下來的時代將會是共感力發光發熱的時代。

在現實世界可以發現以下的現象，大多數人甚至在獲得共鳴的同時，世界也隨之大展光明。

● 臉書上的分享獲得大眾共鳴，原本停滯不前的營運瞬間好轉

● 部落格或電子郵件獲得讀者的迴響，讀者增加，結集成冊

● 只靠一篇獲得共感的銷售文章，就讓商品大賣

感受自己與對方的快樂，因為感同身受，而讓世界變大，成就更和善的

世界。我正是抱著這樣的信念，寫下這本書，因為遇見了共感這個關鍵詞後，讓我自己獲得救贖。

共感寫作的骨架正是建築邏輯

截至目前為止，我一直從事文章寫作的相關工作，但也許很多人會覺得意外，其實過去的我經常為寫文章所苦。高中時代，我的國文成績僅占十級分中的二級分，大學入學考試也會盡量參加沒有國文科考試的學校應試。當我對父母親說，打算從事文章寫作相關工作時，當時他們難以置信地說：「開什麼玩笑？你居然要教別人寫文章？」

初入社會時，不得不從事書寫文章工作的辛苦時光，實在讓我不堪回首。當時的我主觀認定「若不趕快勸對方下單，商品就會賣不出去」，因而越是寫些「趕快買吧」的文章，就越覺得身心俱疲。

但若是不寫，當時的我就會生活不下去。跌落谷底的我像鐘擺般來回擺盪、糾葛，也讓我失去力量，一心一意只想躲起來。我完全不想寫，不想寫任何字。完全不想……

為了轉換情緒，我拖著沉重的步伐去參加講座以及讀書會，因此與非常多有趣的人們相遇，獲取不少共鳴，認識了志同道合的朋友。然而，這些無可取代的收穫，卻沒有花多少時間。

當我內心不禁感嘆「透過商品與客戶產生某種連結，該有多幸福啊！」時，其實，身體裡已響起開關開啟的聲音。

就是「共感」。

「共感」這個詞彙已經滲透進我的體內，因此沒過多久，我便研究出共感寫作。

大學建築系畢業後，我曾在住宅設計部門任職，專門負責積水房屋。由

理論體系構成的建築知識以及經驗，在共感寫作法的設計上提供了很大的幫助。

舉例來說，興建一棟房屋，最主要是構築房屋的結構（樑柱、牆壁及地基），接著才是內部隔間。

順序為先「構造」，再「呈現」。

寫文章也是一樣的道理。首先是形塑文章的構造（構成），接著才是文章的呈現方式，瞭解這樣的順序後，就能快速寫出傳達想法的文章。

我把截至目前為止的建築知識及文章經驗設計成這張「共感圖表」，讓任何人都可依著這張表格，輕鬆寫出讓人產生共鳴、感動人心的文章。

開發後歷經兩年的時間，便已經讓許多人感受到這張圖表的魅力：「太厲害了，這是魔法圖表吧！」這樣的讚美讓我深信這張圖表已經超越了我個人提升效率的範疇。而且活用範圍除了商業領域外還擴及教育領域

在產生共鳴、讓人心動這點上，其實可以應用在所有溝通方式中，除了寫文章外，應用極廣。如果你找到了其他的應用方法，請一定要告訴我。

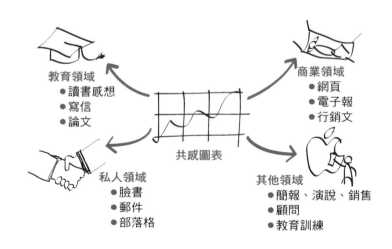

本書要傳達的是關於文章（寫作）的產生方法。

因為共感，而在這個人人都是媒體的時代，得以透過文章的傳播，讓以往只有少數人可以做到的事情，變得有無限可能性。

你所製造出來的共感將如漣漪般無限擴散開來，讓你能選擇自己想要的未來。

首先，請各位啟動 Part1 裡的「七個共感開關」，檢測【填空→貼上→連結】的步驟。接著隨著 Part2 的內容，花六分鐘填寫共感圖表，讓你的「共感開關」火力全開。就像乘坐旋轉木馬般，隨著眼前的景色變化起舞，翻開本書吧。

2013 年 6 月吉日

中野巧

目錄　Contents

Part3
共感圖表使用範例

Part4
五種文章類型所撰寫的文章

Part 1
七個引發共感的開關

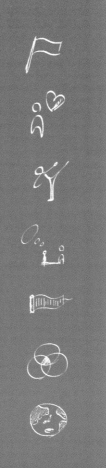

解決書寫難題的「七個共感開關」

就如同我在「作者序」中提及，想要喚起內在早已存在的「共感力」，只需要按下「七個共感開關」中的某一個或是某幾個即可。

甚至許多對寫文章感到困擾的人，只要打開「七個共感開關」的其中一個，便會立即解決問題。那麼我們就來看看是那「七個共感開關」吧。

制定明確目標

在書寫文章前，你要先設定所寫的文章要達到何種目標（目的、任務、企圖）。

※ 也可以直接填寫具體的數字目標。

向對方傳達想法

想像一下，有人讀了你的文章後感到快樂的模樣。為了成就這個夢想中的未來，你所要傳達的訊息會是什麼？

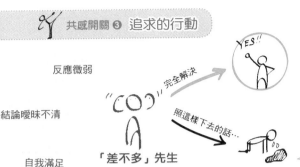

共感開關 ❸ 追求的行動

反應微弱

結論曖昧不清

自我滿足

「差不多」先生

完全解決

照這樣下去的話…

明確提出希望對方採取的行動

具體而言，你希望對方採取什麼樣的行動？你必須明確提示出口。

只是把想法寫出來，接著再對這得不到結果只是自我滿足的文章感到懊惱。

共感開關 ❹ 負面的思考

莫名的恐懼，無法專心

高高在上？

製造敵人？

「恐慌」先生

完全解決

照這樣下去的話…

感受對方的負面情緒

對那些感受到你文章負面情緒的讀者加以撫慰（承受／安慰／療癒）。

不知為何而恐懼……被不知名的恐慌所追趕。

共感開關 ❺ 故事的力量

無趣

不易閱讀

廢話過多

「無聊」先生

完全解決

照這樣下去的話…

掌控他人情緒波動

利用故事（小說）引人注目。讓讀者自然而然、毫無抵抗地接受，並且加深印象。

總是沒辦法讓讀者讀到最後。

共感開關 ❻ 理性 × 感性 × 個人風格

取得三個重點的客觀平衡

理性與感性取得平衡，但在這個講求共感的時代，還必須加上個人風格。

無法契合

似曾相似

硬梆梆的文章　「走鋼索」小姐

完全解決　YES!!

照這樣下去的話…

> 總覺得還少了些什麼……無法讓人感受到個人風格，也沒有是說服力。

共感開關 ❼ 你所希望的世界觀

描繪你的世界觀

書寫只有你才能寫出來的世界觀，與你擁有共同感受的人自然就會出現在你面前。

技術

控制對方

沒有深度的文章　「打混仗」先生

完全解決　YES!!

照這樣下去的話…

> 沒辦法把自己想說的話表達出來，文章平凡無奇。

　　其實，並非一定得打開所有的共感開關，只要實際感受到其中幾個，作用互相加總，就會產生加乘效果。

　　此外，即使在現在這個時間點上，對於「七個共感開關」仍然沒有任何靈感也無妨，我們將會在往後的篇幅中，讓你實際體驗共感寫作的優點，你就能自然而然確實理解。那麼，獲得共感並且寫出能產生效果的文章，該做那些事呢？

三個書寫文章的步驟

　　要做的事情其實非常簡單，不需要特別學習什麼，只需一張簡單的圖表，並且確實填上即可。

1	2	3
填空	貼上	連結
回答問題，填寫表格	貼上可以引發共感的訊息	連結這些訊息，寫成文章

　　只要照著共感圖表的【填空→貼上→連結】的步驟，就能開啟「七個共感開關」。試過的人都說就像是在玩拼圖般，文章自動成型，非常奇妙。不過……接著還有令你更驚奇的事情將會發生。

　　「本來覺得完全不可能的事，但我還是先照著圖表書寫，光是這樣的文字練習，商品銷售竟然超過目標的四倍，賣了十二套。簡直是魔法！」。很開心地與我分享此事的是經營 Sea Slug 潛水學園的酒井美佐。

填寫這張圖表的人都會彷彿擁有魔法般，連不擅長撰寫文章的人都能達到驚奇的效果。

　　跟過去的我一樣都不擅長寫文章的人也能成為文章高手的祕密就在…

- 考量文章的內容
- 留意文章的結構
- 寫出內容豐富的文章

內容　　　　構成

呈現

　　這樣的方式乍看之下似乎是很有效率的作法，但同時進行的話就會產生混亂，反而讓腦中一片空白。要清除混亂，其實並不難。若同時間進行會帶來混亂，那也許可以試著逐一進行。文章寫作時，可以分成以下三步驟：

▶ Step1 將內容（訊息）傳遞出來

▶ Step2 只要考慮文章結構即可

▶ Step3 審視呈現方式並完成文章

　　「靈感？品味？完全不需要！過去學的也都能加以活用！只要照著步驟去做，無關技巧，完美文章任何人都可以寫得出來。」

（新潟縣，36 歲，中島學習塾塾長 中島征一郎）

只要善用共感圖表，照著步驟進行，就能自動寫出文章。

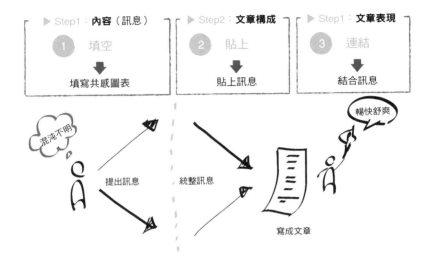

▶ Step1： 將內容（訊息）傳遞出來

└─ ① 填空　（回答問題，填寫圖表）

▶ Step1：只要考慮文章結構即可

└─ ② 貼上　（將因共感而產生的訊息，貼到圖表上）

▶ Step1：審視呈現方式並完成文章

└─ ③ 連結　（結合所有訊息，寫成一篇文章）

將想法去蕪存菁並非難事

「不，沒這麼簡單吧？！」

只是填寫這張共感圖表，就能將過去混沌不清，無法完整具體化的想法寫成一篇文章——我非常能理解越是花錢、時間去參加「各種書籍及講座」、「大受歡迎的技巧」、「感動人心文章的書寫方式」的人，越不願意認同這種單純方法的心情。

但是，這是不爭的事實。這確實是一種一旦開始使用，就會深深著迷、不願再回到過去的超強寫作技巧。

不是只有少數人才能獲得的成果。

利用這張共感圖表獲得成果的不只是大人，現在連小學生也運用在畢業文集以及讀書心得上，因為應用這張圖表而寫出許多讓老師都感到驚異的文章。

「中野先生！今天上午我在自己的班級使用這個方法。好厲害！！孩子們的才能讓我感動到想哭。這已經不能用興奮來形容了」

（岡山縣，31 歲，朝日塾小學教師 小寺祐輔）

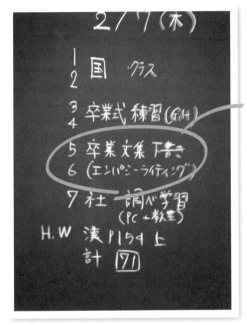

岡山縣朝日塾小學在課堂上
使用共感寫作。

　　在 Part2 中，首先瞭解【填空→貼上→連結】三步驟的整體樣貌，再來
實際感受書寫文章前的六分鐘內，文章會有何變化。

Part 2

六分鐘的文章革命

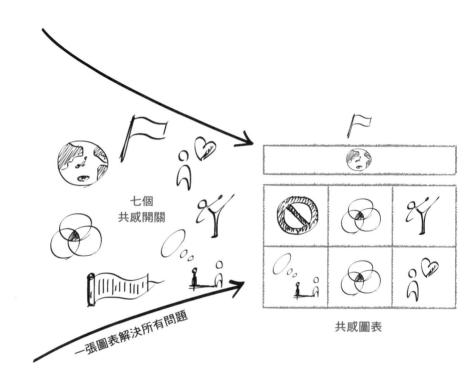

七個
共感開關

一張圖表解決所有問題

共感圖表

到底什麼是共感圖表？

相信各位看以上的圖就能一目瞭然。依序填滿內含「七個共感開關」的圖表後，文章開關就會自動開啟，接著就會如圖右側所示，產生「十二個幸運效應（輕鬆／驚奇／想像力／遊戲感覺／具體化／加快速度／自我風

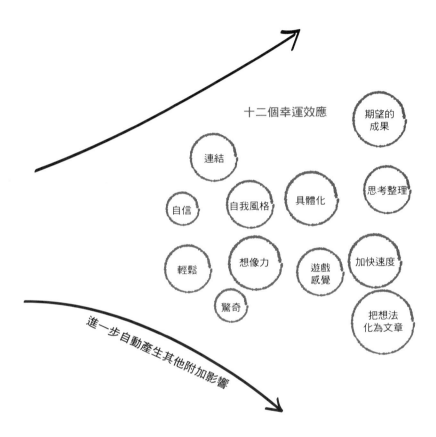

十二個幸運效應

期望的
成果

連結

思考整理

自信　自我風格　具體化

輕鬆　想像力　遊戲
感覺　加快速度

驚奇

把想法
化為文章

進一步自動產生其他附加影響

格／思考整理／期望的成果／自信／把想法化為文章／連結）」。

　　首先，我們來看看共感圖表的【填空→貼上→連結】這三個步驟的整體
樣貌。如果是直覺強烈的人，相信只要看完P.36～39的內容就能實行，非
常簡單。

【填空→貼上→連結】三步驟

5分鐘

 **❶ 目標設定**（目的、任務、企圖）

寫在這裡！

你想要藉由文章達到的目標（目的、任務、企圖）是什麼？

 ❹ 所要求的行動

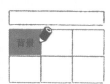

在正面狀態下，你想向對方要求什麼行動？

 ❺ 回應正面情緒的文字

把訊息寫在便條紙上。

※ 訊息（便條紙）數量不拘

使用何種文字後，會導致積極正面情緒呢？

 ❽ 負面背景‧真心話

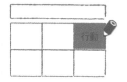

形成負面情緒的背景、真心話是什麼？（停止行動的原因）

❾ 回應負面情緒的文字

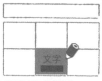

把訊息寫在便條紙上。

※ 訊息（便條紙）數量不拘

接受負面情緒（安慰、療癒）所使用的文字是？

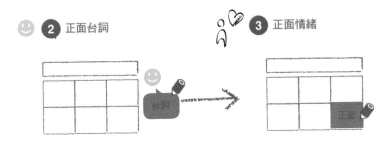

2 正面台詞

讀了你的文章而動心的人會說些什麼呢？
（那個人的台詞）

3 正面情緒

說出**2**的台詞的人，是抱持著何種正面情緒
（情感、心理、狀態）？

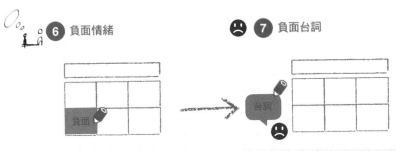

6 負面情緒

與**3**的正面情緒相反的負面情緒是？（跟**3**
的情境完全相反思考）

7 負面台詞

6中所假設的擁有負面情緒的人會說些什
麼？（那個人的台詞）

10 主題・標題

用一句話來作為文章主題（例如：寫電影相
關文章的話，那麼電影片名是什麼？）。

各問題花三十秒回答，
全部用五分鐘
來填寫這張表格。

貼

⏳ **1分鐘**

上

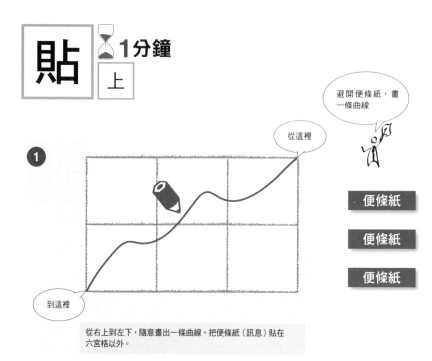

避開便條紙，畫一條曲線

①

從這裡

到這裡

便條紙

便條紙

便條紙

從右上到左下，隨意畫出一條曲線。把便條紙（訊息）貼在六宮格以外。

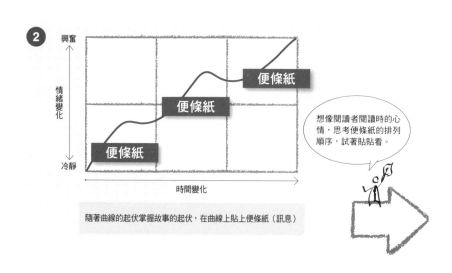

②

興奮

情緒變化

冷靜

時間變化

便條紙

便條紙

便條紙

想像閱讀者閱讀時的心情，思考便條紙的排列順序，試著貼貼看。

隨著曲線的起伏掌握故事的起伏，在曲線上貼上便條紙（訊息）

連 結

一面連結便條紙上的訊息，一面整理如何表現為文章。接著便是書寫的作業。

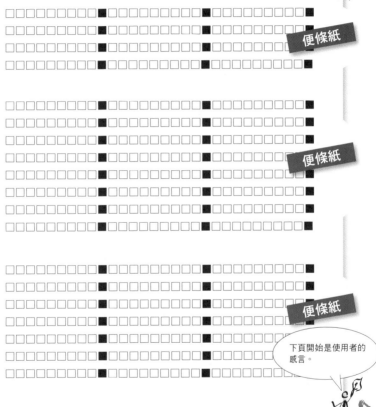

便條紙

便條紙

便條紙

下頁開始是使用者的感言。

招募

任職於 SONY，
在全日本十四處舉辦大型讀書會！

神奈川縣 ，40 歲以上，研討會企劃 木村祥子

　　任職於大企業 SONY，以新時代的勞動方式為主題，在全日本從北海道到沖繩十四處舉辦讀書會。光靠臉書以及口耳相傳，總共動員了八百人參與，最後演變成全國性活動。

　　剛開始是從寫行銷文字開始，臉書上的「讚」便從 0 提升至 230。造成這項變化的祕訣非常簡單！一直以來總寫些自我滿足式文章的我，開始意識到必須寫出可以將訊息傳至他人內心的文章。我使用的便是共感寫作。現在，我可以遊走全國各地，過著我理想中的生活。

　　當初我曾說過：「我完全不擅長書寫郵件或行銷文字，但還是寫出來了。」直到現在，周圍的人依然不可置信呢。

論文

三天就完成了三十五頁論文！
不僅速度加快，也找回了自信。

長野縣，49 歲，大學講師／哲學博士 中澤武

　　當初因為不得不寫論文，所以一個字也寫不出來。就是這個！共感寫作法。讓我在三天內便寫出了三十五頁的論文，這是前所未有的速度。

　　不只是效率提升，自己內在產生了全新的創造性，我也感覺到這種能量正透過文字，源源不絕地傳達給閱讀者。

　　身體帶著這種感覺書寫文章，是至今從未有過的體驗。我因為感覺到自己的創造性突然變高，非常開心。喚回了執筆時的喜悅以及自信！中野先生，非常謝謝你！

員工訓練

對工作人員文章的變化感動不己！
五年來的辛勞，在一天內解決。

神奈川縣，atopico 房屋專務　後藤裕美

　　每個月發行的行銷電子報都交由同仁負責，但是往往是刊載些不只所云的內容，所以我常為此對他們失控大喊：「到底在寫些什麼？！」（苦笑）。

　　教他們共感寫作後的隔天……我對文章內容的變化感動不已。那時，FAX 通信的讀者還傳來這樣的回信：「由我來說這種話是有點奇怪，但是這文章寫得真好呢！」

　　收到這種回信的背後辛勞是共感寫作法以及五年來嚴格的指導（苦笑）。但共感寫作法卻在一天之內超越了我這五年來的辛勞。自從教會工作人員共感寫作法之後，我就再也沒有修改行銷電子報的必要了。

畢業文集

因為孩子們的才能而落淚，
不只是興奮可以形容！

岡山縣，31 歲，朝日塾小學教師 小寺祐輔

　　中野先生！我上午在自己的班級上了共感寫作。好厲害！孩子們的才能讓我感動落淚。已經不能用興奮來形容了。跟往年的畢業文集相比，程度相當高，也明確寫出了迎向未來的決心。這是讀了之後會感到興奮的文章。

　　有位學生的畢業文集上寫著：「上中學後，我要加入網球社團，像日本知名網球選手伊達公子一樣。接著，想進入京都大學就讀，在因 IPS 細胞研究獲得諾貝爾醫學獎的山中教授身邊學習醫學。我更要找出就連 IPS 細胞都無法治癒的疾病治療方法。」那女孩清楚地傳達出自己的想法。真是太謝謝你了。

業務

被社長的熱誠感動，
真是不可思議的共感力！

大阪府，36 歲，業務 李春明

　　今天，要跟我負責的商品社長開會，討論進貨事宜。我們一起進行了共感寫作，社長的熱情不斷湧現。趁著這股氣勢，三天後要演講的內容，也利用共感圖表做了總整理，非常令人感動。老實說，聽了社長的幹勁後，我也激動不已，更有衝勁想要把商品賣出去。

　　真的很感謝這世上有共感寫作這個方法！因為有共感圖表，也讓我跟社長的關係更加緊密。

行銷

共感寫作讓我煥然一新！
臉書、部落格、網頁全部大改造。

東京都，44 歲，洋一牙科醫院經理 平出桃子

　　認識了共感寫作之後，再回頭看看自己公司的網頁……越看越覺得…不知所云。從頭到尾都只是自我感覺良好的內容，看了頭都暈了。以前竟然覺得很棒……

　　因此，本來只想一點一點地改善內容……但藉此機會，我決定全面改變！從臉書、部落格、網頁，預計用共感寫作法，全面翻新。我想要營造的網頁是讓患者在來院之前感覺到「我覺得這裡是屬於我的天地」。

共感圖表六個方塊的祕密

共感圖表是將我十年間文章的寫作心血去蕪存菁化為一張圖表，圖表中的六個方塊所代表的 LOGO，有著非常深切的涵義。

右邊黑色的三個方法是「表示正面（肯定意義）」，而左邊的三個灰色方塊則是「代表負面（否定意義）」。也就是說，共感圖表的六個方塊，包含正面與負面兩個極端觀感。

代表「正面」的三個方塊

表示「負面」的三個方塊

EMPATHY WRITING

何以說負面的想法也很重要呢？

舉例來說，接收同樣的資訊，有人感受到正面的快樂，也有人感受到負面的悲傷。到目前為止，資訊的發送者與資訊的接收者是截然不同的兩方面，感到負面情緒者的感情並未被表面化。

但在今日任何人都可以傳遞訊息的人人都是媒體的時代，感受到負面情緒的人也許有一天也會成為發送訊息者（請參照 P.44 圖示）。意思是指負

面情緒也能隨著人際關係的波動，瞬間傳送開來。

　　例如：企業活動或名人部落格引發的議論，任何人都可以提出負面反饋。

　　在商業行為上，現今這種任何人都可以輕易發送訊息、掌握機會的時代，要像過去那樣，向他人煽惑負面情緒、操作人心的方法論已經不再適用。客戶對誇大產品效果的銷售感到疲累，負面的口耳相傳會讓商品更難販售，因為只會讓負面情緒無限擴大。

　　填寫共感圖表的人表示「先前從未想過負面情緒，現在想來真是可怕」，這或許是因為過去的行銷時代已經結束，以共感為基礎的全新可能性正快速成長。

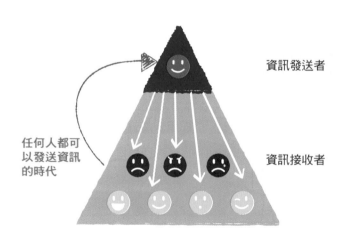

而接下來的共感時代，人們必須對於他人的負面情緒感同身受，並且接受、療癒，然後一起感受積極的一面，感動對方的內心則變得更形重要。

如同剛剛所說的，【填空→貼上→連結】這三個步驟，連小學生都可以立刻執行，相當簡單。但這麼簡單的工具卻可以讓你在短時間內寫出極具共感力的文章。

自覺不擅長寫文章的小學生也能
輕鬆地樂在其中。

從結婚紀念日寫給太太的情書到政府機關的公文等，從「軟性文章」到「嚴肅文章」，共感寫作的活用範圍相當廣泛。

此外，一般家庭主婦變身為專業作家、被周圍的人認定沒辦法找到工作的女高中生，使用共感圖表來製作履歷表，成功應徵到神社中的神職工作，無關年齡及職業，共感寫作法可以帶來各種可能性。

當然，共感圖表也可以應用在團隊中。

●資訊共有以及統合知識的內部會議……

●不同業種以及不同背景的人開會時，為了腦力激盪……

●兩人一起製作共同講座的內容……

在這些場景，均可見到共感圖表被頻繁活用。這是因為只要使用共感圖表，便能幫助「共感要素」一一浮現

這是一個透過將思維具體化，隨時俯瞰整體面貌，並進行縝密思考，是最適合團體共享的道具。

個人若能活用共感圖表，至今所學的知識、經驗都能自然統合，落實到文章中；團體使用，有助於寫出結合每個人的優點及知識、集合每個人的經驗、濃縮集體智慧的文章。

就某種意義來說，共感寫作（共感圖表）是前所未有的文章方法。

到現在為止，說明了共感圖表的概要。

接下來，以臉書的投稿為例，要介紹共感圖表的使用流程。

我將會在 Part3 回答「常見問題」以及介紹「參考事例」，並且針對共感圖表的各項步驟，進行更詳盡的說明。

最後在 Part4 裡，要利用五個文章類型，介紹能引出文字最大魅力的各式變化。

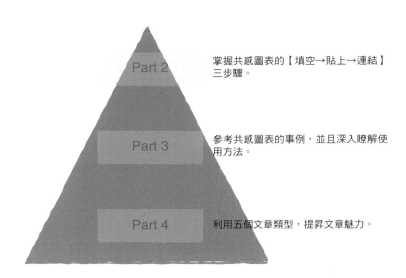

掌握共感圖表的【填空→貼上→連結】三步驟。

參考共感圖表的事例，並且深入瞭解使用方法。

利用五個文章類型，提昇文章魅力。

六分鐘內掌握共感圖表的流程

那麼，馬上試試看六分鐘完成共感圖表吧。

以臉書投稿為例來使用共感圖表。

因為在人人都是媒體的時代，SNS（臉書）的活用，對許多人來說都是非常重要的媒介。現在以在臉書上介紹發表在部落格上的「文章破題的三種類型 ※」的文章為例：在部落格上刊登「部落格已經更新」這種無生命、不會引來注目眼光的文字並不會有什麼效果。但是若用共感寫作會帶來什麼變化？

總之，現在先瞭解共感圖表的流程。

更詳細的部分，會在下一部分解說，

準備好了嗎？

那麼，我們就開始囉。

※對於撰寫網路文字時，總是對動筆開始寫作毫無頭緒的人，給予三種文章破題的建議。

⧗ 5分鐘完成圖表

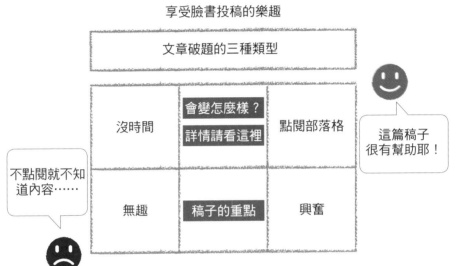

享受臉書投稿的樂趣

　　請各位一面回答問題，一面填寫，五分鐘後，就能完成如同上圖所示的共感圖表。【填空】的一分鐘內，把想到的訊息（便條紙）貼到正中間的兩個格子裡，完成文章結構（骨架）部分。

　　接下來，我們依順序看下去。

填 空

　　首先，畫好六個空格（方塊），在上方再畫上一個長形格（故事格）。左右兩邊留下可以填字文字的空間。

🚩 **❶ 目標設定（目的、任務、企圖）**

Q：你想要藉由這篇文章達成什麼樣的目標（目的、任務、企圖）？（寫在故事格中）

例：享受臉書投稿的樂趣

⧗第**1**分鐘

 **2** 正面台詞

　　具體以某人（現在馬上就想要告訴他）為對象，想像對方讀了你的文章後感到愉快，畫上一個微笑的圖案。在下面寫出針對以下問題回答出來的文句。

Q：讀了你的文章之後會變得很開心，那個人會說些什麼？（像是那個人會說的話，真實的句子）

例：這篇文章很有幫助耶！

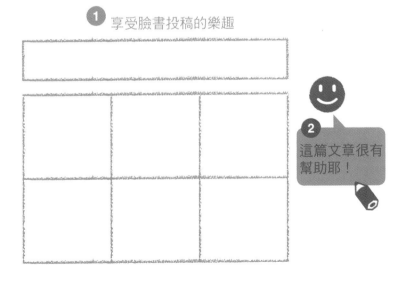

① 享受臉書投稿的樂趣

這篇文章很有幫助耶！

填 空

3 正面情緒

Q： 說出**2**的句子的人擁有何種正面情緒（情感、心理、狀態）？
例：興奮

例：興奮

　想不出來時，從以下的「興奮」、「心跳加速」、「開心」、
「有趣」、「感謝」、「安心」中選擇。

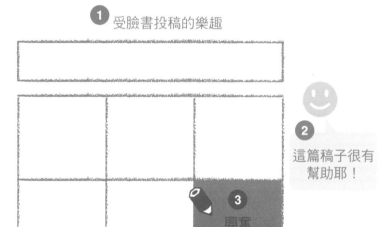

1 受臉書投稿的樂趣

2 這篇稿子很有幫助耶！

3 興奮

第**2**分鐘

④ 所要求的行動

Q：有人讀了你的文章，處於正面情緒（狀態）中，你希望對方
　 採取什麼行動呢？

例：點閱部落格

　　希望採取的行動為複數時，先全都寫出來，再選出一個最希
望採取的行動（對方一開始應該採取的行動）。

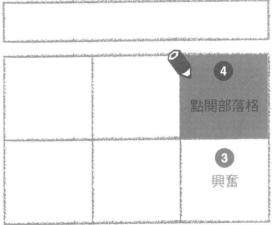

❶ 享受臉書投稿的樂趣

④

點閱部落格

❷

這篇稿子很有
幫助耶！

❸

興奮

填

❺ 回應正面情緒的文字

Q：要讓讀者處於正面情緒，你會使用何種文字？（以關鍵字來表示、寫在便條紙上貼上去）

例：會變怎麼樣？詳情請看這裡

❷像是「這篇稿子很有幫助」這類正面文句，就會令人聯想到「讀了這篇文章的人會變得如何？」這種文字。把「會變怎麼樣？」當成關鍵字，寫在便條紙上。

❹你所要求的行動是「點閱部落格」，那麼就會聯想到「詳情請看這裡」，並公布部落部網址。把「詳情請看這裡」當成關鍵字，寫在便條紙上。

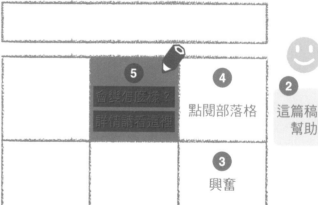

⏳ 第**3**分鐘

6 負面情緒

Q：與**3**的正面情緒相反的負面情緒是？
（跟**3**的情境完全相反思考）

例：無趣

　　想不出來時，從以下「無趣」、「沉重」、「空洞」、「意
義不明」、「不安」、「不滿」、「焦慮」七個情緒中選出一個。

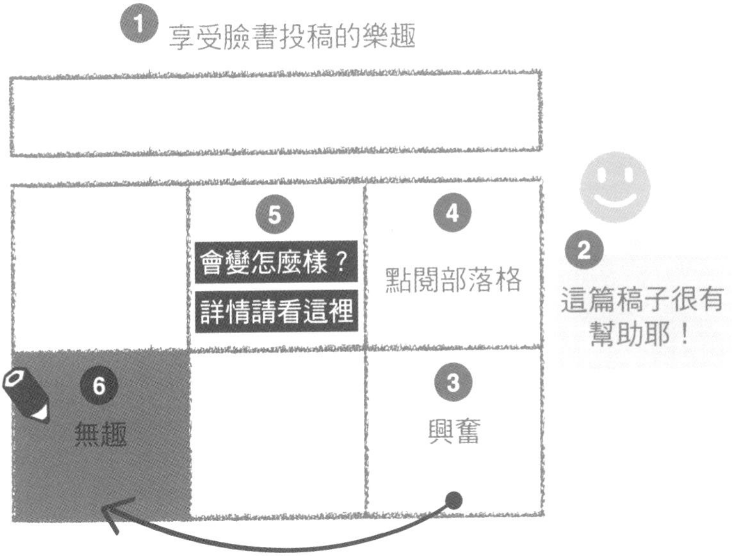

1 享受臉書投稿的樂趣

	5 會變怎麼樣？ 詳情請看這裡	**4** 點閱部落格
6 無趣		**3** 興奮

2 這篇稿子很有幫助耶！

填 空

😞 **7** 負面台詞

❻想像有個處於負面情緒中的「虛構人物」讀了你的文章，畫出一個不認同的表情圖案，再在圖案的上方加上文字，針對以下的問題，寫出「台詞」。

Q：帶著負面情緒的「虛構人物」讀了你的文章後，可能會說出那些話？（舉出那人可能會說的寫實文字）

例：不點閱就不知道內容……

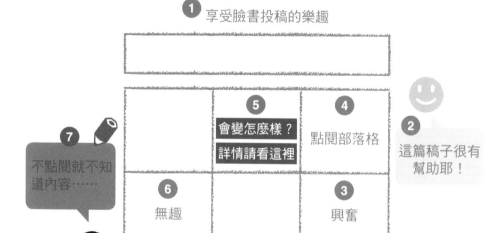

⑧ 負面背景・真心話

Q： 形成負面情緒的背景・真心話？
（行動被中止的原因）

例： 沒時間

　　在❼裡，會說出這類消極負面言論，背後一定存在著其中的背景或真心話。為什麼會說出那樣的話？試著去貼近這些人的想法。舉例來說，從❽「沒時間」的背景中，和❼的台詞「不點閱就不知道內容……」裡，思考箇中原因。

❶ 享受臉書投稿的樂趣

❽ 沒時間	**❺** 會變怎麼樣？ 詳情請看這裡	**❹** 點閱部落格
	❻ 無趣	**❸** 興奮

❼ 不點閱就不知道內容……

❷ 這篇稿子很有幫助耶！

填 空

⑨ 回應負面情緒的文字

Q：承擔負面情緒時（安慰、療癒）要使用什麼樣的文字呢？（當作關鍵字並寫在便條紙上貼上）

例：稿子的重點

針對❼中的負面台詞「不點閱就不知道內容……」，聯想到「部落格裡，文章破題的三種類型的摘要先傳達出去」，→把「稿子的重點」當成關鍵字，寫在便條紙上。

❶ 享受臉書投稿的樂趣

❽ 沒時間	❺ 會變怎麼樣？ 詳情請看這裡	❹ 點閱部落格
❻ 無趣	❾ 稿子的重點	❸ 興奮

❼ 不點閱就不知道內容……

❷ 這篇稿子很有幫助耶！

⏳**第5分鐘**

 ⑩ 主題・標題

Q：若用一句話來代表這張共感圖表的標題，會是什麼？
（假設這張圖表是一部電影，會使用什麼名稱？）

例：文章破題的三種類型

　　審視填寫完的共感圖表，就能看到臉書上的文字顯示出已經
在部落格上完成的「文章破題的三種類型」一文的摘要，題目
就定為「文章破題的三種類型」。

① 享受臉書投稿的樂趣

⑩ 文章破題的三種類型

	⑤	**④**
⑧ 沒時間	會變怎麼樣？ 詳情請看這裡	點閱部落格
⑥ 無趣	**⑨** 稿子的重點	**③** 興奮

⑦
不點閱就不知
道內容……

②
這篇稿子很有
幫助耶！

❶ 畫上曲線

將貼在【填空】的❺❾上的便條紙（訊息）放到方格外，然後從六宮格的右上角往左下角，直接用筆拉出一條曲線（請參照下圖）。

六宮格的橫軸表示「時間變化」，縱軸則是「感情變化」。（興奮←→冷靜）。

有人會好奇，為何表示讀者閱讀時感到興奮、快樂的文章內容的這條線，不是直線而是曲線？

這是因為，變化本來就不是直線進行，閱讀文章時，用曲線將感情產生的變化視覺化，更能接近對方（閱讀者）的想法。

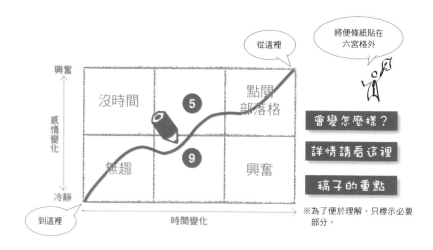

※為了便於理解，只標示必要部分。

② 製作文章結構（故事）

讓閱讀者讀完全部文章，並產生行動的文章結構方法之一。在此，依【為什麼→箇中原由→如果】的順序，將相關的訊息（便條紙）貼上去（→下圖）

把六宮格的縱向兩格看成一個區塊。

● 第一區域：為什麼→傳達【會變怎麼樣？】，會想著「為什麼」吧。

● 第二區域：箇中原由→傳達【稿子的重點】後，進而接受「原來如此」。

● 第三區域：如果→「如果」就會點閱【詳情請看這裡】。

※ 有關【貼上】的部分，會在下個章節進行詳細說明，在這裡請先掌握順序即可。

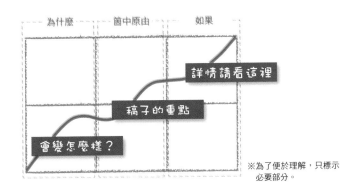

※為了便於理解，只標示必要部分。

文章化後的臉書貼文

「嗯⋯⋯怎麼辦呢⋯⋯」

常常不知道文章該如何破題。所以我看了很多文章，找出了可以順利破題，並且讓人想繼續讀下去的文章類型。而這個方式真的很方便，我再也不會為此感到困擾了。

會變怎麼樣？

介紹三種簡單且馬上可以應用的類型

■1擬音

例1） 嗢嘟。我的尊嚴瞬間崩解。

例2） 咚咚咚。心臟彷彿直接被敲打般地受到衝擊。

■2對話

例1） 「不可能在五小時內完成那種事！」

例2） 「省略掉這部分，是不可能學會英文的！」

稿子的重點

■3說反話

例1） 要減肥的話，一星期一定要去吃一次烤肉。

例2） 一定要浪費時間才行。

如果對文章該如何破題感到困擾，希望以上例子能提供參考。

詳細內文寫於部落格內，若有興趣，請點閱：

http://*****************************

詳情請看這裡

進行【連結】這個步驟時，為使調整結構（構想）變得更簡單，可以把已轉換為關鍵字的便條紙上的訊息（內容）回復到原來的狀態（初步構思的階段），一面整理文章的表現，一面將文章完成。

在這個階段，或許有人會質疑「該如何把關鍵字變成一篇文章？」

但完全不需要擔心。因為並不是要從關鍵字重新變換寫成一篇新的文章（請參照下圖）。回到在【填空】的❺❾簡化為關鍵字之前的原始訊息（內容）狀態。

從便條紙化為文章的作業，其實跟把熱水加進泡麵中，回復麵的樣子的情況很類似。

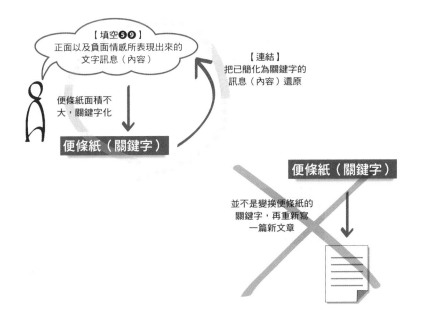

【為什麼→箇中原由→如果】的架構

【為什麼→箇中原由→如果】的架構是我大學時的恩師教我的。看一件建築作品時，要先想「為什麼」會構成這樣的空間，再用自己的理解方式去深入瞭解「箇中原由」。接著，「如果」用自己的設計加以活用，會出現什麼樣的狀況。

雖然與原先的意義有所不同，但過了十年之後，回想起來，與文章法對照，這才發現，有異曲同工之妙。

接著，再回想一次共感圖表的【填空→貼上→連結】，然後審視完成後的文章。

【填空】是從對方的快樂情感反應中，找尋為了達到這樣的效果，要使用的文字（訊息），並將這些訊息簡化為關鍵字，寫在便條紙上。

【貼上】則是將在【填空】中所寫的便條紙的順序彼此置換，思考文章的結構。此時所想得到的文字（訊息）內容（資訊數量）極為廣泛，因此得一面拼出全體樣貌，一面思考文章的結構，並不是件容易的事。使用簡化成關鍵字的便條紙來排列組合，會使文章構成更容易些。

【連結】則是要使調整結構（構成）的作業變得更簡單，已簡化為便條紙
　　　　上關鍵字的訊息（內容），還原狀態（回憶），重整呈現的內容，
　　　　形成一篇文章。

　在【填空】共感圖表時，將想出來的「素材」（產生共感的訊息），運
用在【貼上】部分，在剪貼的過程中，「結構」文章。而在【連結】部分，
一面連結文章，一面確認文章的順序，整理文章的「表現」方式，快速寫
出讓對方也能感同身受的文字。

　用建築來表示：

【填空】──素材：建築建物時所需的材料

【貼上】──結構：構成空間的骨架的構造（柱子與牆壁）

【連結】──表現：使空間更舒適的內部裝潢

　大約是這樣的形容。

　開始使用共感圖表，體驗過其效果的人，在書寫文章之前，都已養成先
花五到十分鐘，快速描寫一遍共感圖表的習慣。

為什麼「負面情緒」有助於豐富文章內容？

使用共感圖表會讓你的文章產生何種變化？

可以貼近並注意到不常看部落格文章者的想法（【填空】❻❼❽），進而產生部落格文章的摘要貼文（【填空】❾的文字），亦即貼近人心的想法，而這樣的用心（體貼）便像是產生無盡共感齒輪的潤滑油，會讓部落格的點閱率大幅提升。

大多數人多半都是抱著正面思考的邏輯，只注重積極面。

但是在共感時代，最重要的其實是同樣對負面情緒產生共感，也就是消極思考。

光是在腦中放進些許負面概念，就能有助於文章的深入性，比現在更深入一段、兩段，並且與他人產生連結。

此外，只是依照步驟填寫共感圖表，完全不用額外設想，就能一網打盡所有成果。這就是共感圖表可以不斷產生驚奇的理由之一。

共感圖表這個工具本身，有其理論背景，我有絕對的自信宣告這是在這人人都是媒體的時代所必須且完全嶄新的文章寫作法。而且活用共感圖表，絕不是件困難的事情。

就如前面所述，這些有如拼圖般的組合，有助於左右腦相互刺激，會使寫文章如同遊戲般輕鬆有趣。不僅如此，你所擁有的一切經驗及知識、到目前為止所學到的技能，都能獲得最佳利用、設計。

此外，「要寫什麼？」「要如何傳達？」「要從那裡著手？」等，即使是一瞬間，下筆寫文章前一定會有暫停一下、稍作思索的時間，那就是共感圖表的使用時機。你可以將這段總是陷入苦思而徒勞流逝的時間，轉換

成創作的時間。

　　到目前為止，隨著我一起使用共感圖表的讀者、或是想要讀完整本書再使用圖表的讀者，只要抓住這個流程就可以了。

　　「共感圖表已經是不可或缺的工具」「沒有共感圖表就沒有安全感」，我不斷收到這樣的迴響。這些人透過體驗共感圖表，發現乍看之下像是繞遠路般的文章寫作法，使用前與使用後在寫文章時所花費的時間以及品質的極大差異。而且越長的文章，差異越明顯。

文章所產生的驚奇成果——「共感 3.0」的祕密

　　使用共感圖表所產生驚奇的成果還有一個祕密，那就是「共感 3.0」。

　　共感是有各種次元的。　屬於一次元的「共感 1.0」、二次元的「共感 2.0」以及三次元的「共感 3.0」。

▓▓▓ 沒有出口的「共感 1.0」

　　「不煽動消費者情緒就賣不出去，不是嗎？但這類文章總是讓閱讀者或寫作者都同樣感到痛苦，又該怎麼辦？」

　　特別是商務人士常有這類疑問。我自己也是常常在「煽動」以及「不煽動」之間搖擺不定、深感困擾，因此非常能夠體會這種苦惱。

　　愛因斯坦曾說：「無論何種困難的問題，不能用發生問題的同一個次元來解決。」所以「煽動」與否不能用同一次元的思考來解決。

不煽動 ——————————— 煽動

::: 英雄與導師同時存在的「共感 2.0」

　　加入新軸線來觀察二次元狀態，你會發現問題就會變得相當簡單。新軸線稱為「共感軸」共感←→無共感。（→請參照 P.70 圖示）

　　特別要注意的是右上的「導師」區域，因為共感圖表中，導師與英雄為同時存在的關係。你（的訊息）是導師，而閱讀者則是英雄。

　　英雄（閱讀者）在日常世界與你相遇，然後一起到全新美好國度旅行。只不過，要冒險前往未知的理想，會有各種障礙。而出手協助則是你（導師）的責任。

【好人】區域

不具備動搖他人感情的
「煽動」，但是擁有共
感，所以閱讀起來覺得
舒服。不過，也不會讓
對方產生任何變化，不
具備好或壞的影響力。

【導師】區域

獲得共感並煽動人心，
「推動更美好的未來」。
共感圖表不只產生共感，
還鼓勵行動，正是這個
位置。

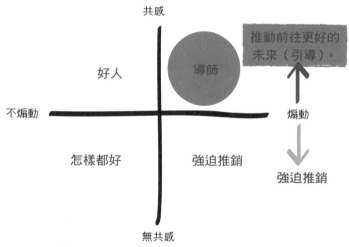

共感

好人　　　　　　導師

推動前往更好的
未來（引導）。

不煽動　　　　　　　　　　　煽動

怎樣都好　　　強迫推銷　　　強迫推銷

無共感

【鄉愿】區域

沒有共感，也不會受到
「煽動」，不帶任何關
心，被對方視而不見。

【強迫推銷員】區域

與他人沒有共感，只一
味強調自己要表達的東
西。「煽動」變為「強
迫」。沒有任何人希望
被強迫。

::: 產生集體典範「共感 3.0」

共感，還有三次元。

相對於平面的「共感 2.0」中的 XY 軸（X：煽動軸、Y：共感軸）加上垂直的「個人風格」軸線，便產生「共感 3.0」的三次元空間。

如果你是商務人士，這條線尤其更為重要。

「共感 3.0」的次元，是你所產生的共感與典範轉移——「從傳達到感受」、「售出到購入」、「收集到聚集」，有重大關連。

人們從你手中獲得商品，代表著參與實現你的視野（世界觀）的過程之一，也就是說，這是客人為了能擁有更好的未來，與你的視野產生關連的重要一步。可以說，對方（閱讀者）的快樂與你（書寫者）的快樂的重疊部分，就是產生共感的瞬間（請參照 P.9）

從你的文章中產生只有你才能傳達的世界觀，因此獲得共感（想要給予支持）的人便會自然而然地集結。我曾收到一篇看到利用共感圖表所寫的講座介紹傳單，而參加講座的讀者寄來的感想。讀了之後，就能理解這個自然發生的事實。

「不記得是如何拿到這份傳單的，對講座內容並不是特別感興趣，但是讀了這份傳單後，直覺認為這裡一定會有什麼幫助，因此來參加講座。內容與我現在的情況非常雷同，我甚至認為傳單內容是為了我而寫的。真是改變我的人生的一場相遇。非常感謝。」

（東京都，30 以上，設計公司監督 長田真美）

書寫文章必須與自己契合。喚起本來就存在你的內心，但平常不被看見、你所擁有的最棒事物，就會產生全世界只有你自己才能寫出來的文章。

遊戲般地、像拼圖一樣地把文章加以設計的溝通式工具—共感圖表，讓這一切成為可能。

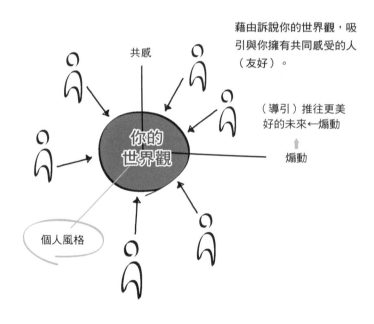

接著，我將在本書的下個部分舉些許實際案例，說明如何活用共感圖表。

Part 3
共感圖表使用範例

為什麼高中園遊會企劃會成為商業原則？

在這個單元，我將對使用共感圖表的案例進而更具體的解說。

為了讓讀者更容易執行，會在圖表後附上「常見問題」及「參考案例」。在閱讀本書的同時，也請在平常發表文章的媒體（部落格、臉書、電子報、個人網頁、電子郵件、信件、商業文書等）上，試著使用共感圖表。

當然你也可以直接以本書案例來模擬思考，或是一面參考案例一面書寫自己想寫的文章。

那麼，請準備紙（或是使用本書最後附上的共感圖表）、筆以及便條紙，先來畫一張共感圖表。

接下來，你將會書寫很多篇文章，這些文章是否能產生共感，會隨著所花費的時間而出現極大的差異。

因為在使用過共感圖表之後，

「文章寫作時間大幅縮短。」

「文章與效果比（文章品質下所產生的成果差異）的快速提升」，種種令人不禁瞠目結舌的變化正在等著你。

所以，現在請試著使用共感圖表，當你開始使用的瞬間，將會發現自己再也無法丟棄這項工具。

使用後，你會更瞭解共感圖表的關係圖（請參照 P.116 ～ 117）中各個方格中的關係，也會讓你在使用共感圖表時更上手。

日本某公立高中的園遊會活動，曾發生過以下實際案例如：這裡不是指學生自得其樂的小型園遊會企劃，而是必須募集園遊會的參加者及販售商品的正式企劃。

故事是從老師對某個女學生古樂彩夏表示：「你要不要試試看園遊會企劃負責人的工作呢？」開始的。

在園遊會企劃大部分都還沒有定論的情況下，由於對活動企劃本來就抱持濃厚興趣，所以這位女學生即使懷抱著不安，也決定接下這份工作。

在聽了其他同學的意見後，整理出企劃內容，以「繁榮地區發展」為目標，提出了以下兩個創意。

● 以東京都葛飾區為舞台，設置一個真實、特大版的大富翁。
● 設置販售葛飾區特產的攤位（比一般商店來得便宜）。

大富翁是為了讓更多人瞭解日本葛飾區，並且促銷葛飾區名產，繁榮地區發展而企劃的活動。

老實說，高中生以「繁榮地區發展」為主題這件事本身就夠令人驚訝。但是，當我聽到她們為了調查這項創意是否真的符合需求，在街頭發出一百五十份問卷時，不禁佩服得五體投地。而我同時也對未來在社會發展的五年、十年後的日子，產生新希望。

有一天，吉樂同學透過老師向我表示：「園遊會的企劃想要使用共感圖表，是否可以讓我們採訪您？」。

左：級任老師須藤祥代老師
右：企劃負責人吉樂彩夏同學

據瞭解，她是從老師那裡學習到共感圖表的使用方式，這次為了使園遊會的企劃成功，所以想要更深入瞭解。身為社會人前輩，若能成就高中生的回憶的話，我想這次的企劃將會別具意義。我只是帶著這種單純的心情接受採訪，等到她們接二連三不斷提出問題時，我就知道我錯了。

提出園遊會企劃、整理商品、招募顧客，必須讓參加者覺得有趣，還要提高營業額等，完全是商業（做生意）邏輯，不，若真要說的話，根本就完全是商業的普遍性原則了。

正因為蘊含了普遍性原則，所以這個單純的案例，可以提供在私人、教育以及商業領域上活用共感圖表者一個很好的參考。

接著我用共感圖表所製作的過程，說明吉樂同學在學校網站上所登載的活動導覽。

園遊會活動的目標是：

讓許多人參加活動並覺得有趣、商品販賣處的商品全部順利販售出去。

活動的結果是：大受歡迎！

準備的商品在短短兩天的活動期間內銷售一空，確實達標。（具體數字請參照 P.105）

這是以吉樂同學為主，所有同學一致團結努力的結果。

而在 P.104 裡所完成的文章，就是利用下一頁的圖表所完成的（填寫完之後）。

接下來就依這個圖表完成的順序【填空→貼上→連結】，進行具體解說。

讓參加者都能得到滿足的繁榮地區發展企劃

東京都葛飾區的美食魅力

大富翁與葛飾區有什麼關係？	真人版大富翁
	造型汽球
	便宜的葛飾特產
	跟家人朋友一起來玩
不太懂 擔心	學生們相當努力
	葛飾區規格的遊戲
	地區居民也來幫忙

什麼樣的企劃呢？

不就是高中生的企劃跟活動，真的會好好做嗎？

田中女士。
熱愛葛飾區、
家有小孩的媽媽

邀請周圍的人
參加

好有趣的企劃呢！

非常期待喔！♪

這樣一來，葛飾區
應該可以更熱鬧了
吧！

好有趣

好厲害

填 正面 空

1 目標設定（目的、任務、企圖）

先畫出六個空格（方塊），並在上方畫一個長方型的方塊（故事格）。
左右兩邊則留下可以寫台詞的空位。

Q1： 你想要藉由寫這篇文章達成什麼樣的目標（目的、任務、企圖）？寫在
故事格上。

例如：讓參加者都能得到滿足的繁榮地區發展企劃。

Q：**想不出要設定什麼目標。**

A：自問「為什麼要寫這篇文章」？

Q：**要設定什麼樣的目標？（正確嗎？）**

A：所謂的目標，沒有好壞之分，設定能夠讓自己感到欣喜、興奮的目標，文章就會存在那項能量。此外，若能填寫「具體的數字目標」，就能得出更明確的未來形象。（請參照P.114）

Q：**具體數字用較為實際的數字會比較好嗎？**

A：讓人產生加把勁就有希望達成或稍微提高一點的數字（目標），可以促進動力。

Q：**就算設定目標，也提高不了動力的時候又該怎麼辦？**

A：思考目標設定後的下一個目標。

　　※「下個目標」的說明，請參照以下案例以及P.114。

參考案例

■■■女高中生實現「夢想」的瞬間

　　吉樂同學在使用共感圖表時，就已經決定活動目標是「讓參加者都能得到滿足的繁榮地區發展企劃」。接著，當這個目標達成時，想像「下一個目標」是什麼？

　　而「下一個目標」就是將來要從事「活動企劃」的夢想。

　　這個活動的經驗絕對對未來的夢想有所幫助，因此提高了她的動機，把這項企劃完整實現。

正面 空

☺ ② 正面台詞

Q1：提出一個具體人物形象後，想像那個人讀了你的文章感到興奮（馬上就想傳達出去）的神情，畫上笑臉圖案。

例如：田中女士。熱愛葛飾區、家有小孩的媽媽。

※描寫出是什麼樣的人物，將使形象更為鮮明。

Q2：在那笑臉下的台詞，針對以下的問題寫出台詞。讀了你的文章之後感到興奮時會說些什麼呢？（想像那個人會說出口的話、真實的台詞）

例如：「好有趣的企劃呢！」「非常期待喔！」「這樣一來，葛飾區應該可以更熱鬧了吧！」

①　讓參加者都能獲得滿足的繁榮地區發展的企劃

田中女士。
熱愛葛飾區、
家有小孩的媽媽。

②

好有趣的企劃呢！

非常期待喔！♪

這樣一來，葛飾區應該可以更熱鬧了吧！

Q：不知道該如何具體選擇人物形象（對象）的基準？

A：只要確認以下兩個問題即可。

- 如果那個人感到愉快，你所設定的目標就有可能達成。（不是百分之百確認達成，而是只要認為有可能達成即可）

- 你喜歡那個人嗎？（若你對設定對象不抱持善意，沒有產生共鳴，最後將不易產生共感）

要列舉出真實的台詞，我不建議選擇虛構的人物。若想不出來，就把你自己當成那個人。如果是商業活動，就選擇一位你所知道的優良客戶為對象。

Q：只鎖定一個對象總覺得不安心時該怎麼辦？

A：我瞭解這種感受，因為只鎖定一個對象，會害怕是否代表「排除」了其他的可能性。但鎖定一個對象，會讓書寫文章時變得更容易，而鎖定一人所傳遞出的訊息也更為明確，而且對那個人以及那個人周圍的人產生影響，就結果而言，共感範圍反而更大。

Q：想不出台詞時該怎麼辦？

A：對象的形象越鮮明，就越容易想出台詞。

- 想像對象就在你面前與你對話。

- 對象處於何種環境，提出更具體的形象。（例如：姓名、出身、住家、工作、年齡、興趣、喜好、在什麼時間、地方跟什麼人一起閱讀等等）

Q：想出來的台詞總是很抽象怎麼辦？

A：對這些抽象的台詞提出疑問「為什麼？」「也就是說？」「什麼意思？」。隨著提出質疑而更深入問題核心，也更能追求對方本質需要。

例如：太好了→為什麼？→經人介紹得到工作→也就是說？→不需要做業務→什麼意思？→可以專心做喜歡的事

Q1：說出❷的台詞的人抱持著什麼樣的情緒（情感、心理、狀態）呢？

例如：好有趣、好厲害

「❷正面台詞」是想像那個人在你面前所說出來的話語。請先離開那個人十公尺遠，用客觀的文字表達出該種狀態。（或是參考P.85，選擇字彙）

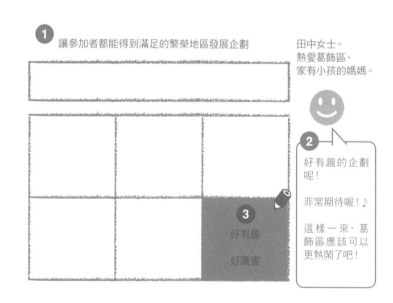

Q：正面台詞常會出現很雷同的字彙該怎麼辦？

A：沒問題的。不用介意，繼續進行。

Q：想不出可以表示情緒（情感、心理、狀態）的文字該怎麼辦？

A：可參考以下的文字：

興奮、怦然心動、開心、好玩、似乎很有趣、感謝、安心、放鬆、陶醉、激動、愉悅、感動、動力十足、勇氣、希望、輕鬆、療癒、幸福、自信、精采、充實、耳目一新、清新、舒服、欣喜、成就感、驚奇、鼓舞人心、激情、驚嘆等等。

∷∷ 為什麼會寫出這本書？

　　思考正面台詞與情感的同時，以各種角度觀點去塑造目標的形象，有助於看見很多以往從未發現的新概念。

　　本書的概念是在發掘更多正面字彙時聯想出來的。雖然成書只有160頁左右，但是稿件實際上寫了超過800多頁。一開始是以四十歲前後的經營者為對象，預計要寫200～250頁。

　　但是，我擴展了目標，希望讓小學生可以在輕鬆的狀態下使用這個方法，對象變成是「有需要但卻寫不出好文章的二十六歲的我」。接著，加深這個需求後，除了文字，更加入不少視覺性要素，我發現自己想要的其實是任何人都可以輕鬆使用、得到確切結果的方法。在這樣的背景下，我希望這本書的內容可以讓高中生到四十歲以上的經營者們，都能活用並加以實踐。

❹ 你所希望的行動

Q1： 對方讀了你的文章的正面情緒後，亦即「說出❷的正面台詞，或是③的正面情緒，你希望他們能採取什麼行動？

例如：邀請周圍的人參加。

在寫文章前，先思考希望對方採取什麼行動是很重要的一步。

因為這不是一篇讓人讀過就忘的文章，你的文章必須帶有意義，那就是要改變對方的情緒以及行動，最重要的是，對方與你即使比現在多些許變化也好，或是更快樂一點都好。

❶ 讓參加者都能得到滿足的繁榮地區發展企劃

田中女士。
熱愛葛飾區、
家有小孩的媽媽。

❹ 邀請周圍的人參加

❷ 好有趣的企劃呢！

非常期待喔！♪

這樣一來，葛飾區應該可以更熱鬧了吧！

❸ 好有趣

好厲害

Q：希望對方採取更多行動時該怎麼辦？

A：首先，把希望對方採取的行動全都寫出來。接著再選出一個最希望的行動（對方應該在一開始就有的行動）。提供太多選擇（行動）反而會讓對方陷於混亂與迷惘，不利於付諸執行。

Q：沒有特別想要對方做什麼時該怎麼辦？

A：只要一開始設定目標，就一定會有所要求。最起碼也會有「希望讀完整篇文章」這個要求。

參考案例

::: 電子報的反應率增為三倍的理由

這是一個因為商務電子報的反應率不佳而來找我諮商的案例。

商品本身不錯，電子報的文章也有一定的品質，但是卻有一個導致反應率下降的致命性問題。問題就在於一次的信件發送，卻同時要求得到以下兩個效果：

1.提高商品的銷售量

2.要求購買者提供商品的感想

鼓勵顧客購買商品、要求已購入者提出感想，當初的目標是希望能獲得提高品質的建議，乍看之下似乎是一石二鳥的發文，但無論是1跟2的反應率卻都是史上最差。

我提出的建議只有一項：

把發電子報的對象區分為兩類，「尚未購入者」、「已購買者」。只是做這樣的區分而已，兩邊的反應率都提升至三倍以上。這是因為當初的電子報出現兩個選項，讓兩邊目標閱讀者都很難有回應的關係。

要求對方行動的原則就是「一封電子報＝一個要求」。

⑤ 回應正面情緒的文字

Q1： 你使用何種文字讓讀者處於正面狀態呢？請在便條紙可書寫的範圍內，寫下三到五個關鍵字。

例如：真實版大富翁

❷獲得正面台詞「好有趣的企劃呢！」，需要使用何種文字？

內容：參加者自己成為棋子，卡片或是骰子都是特大號的「真人版大富翁」

例如：造型汽球

❷獲得正面台詞「非常期待喔！」，需要使用何種文字？

內容：用造型汽球當禮物，讓親子都能開心盡興。

① 讓參加者都能得到滿足的繁榮地區發展企劃

田中女士。
熱愛葛飾區、
家有小孩的媽媽。

⑤
真人版大富翁
造型汽球
優惠的店舖折價券
與家人朋友一起來玩

④
邀請周圍的人
參加

好有趣的企劃
呢！

非常期待喔！♪

這樣一來，葛
飾區應該可以
更熱鬧了吧！

③
好有趣
好厲害

例如：便宜的葛飾特產

❷獲得正面台詞「這樣一來，葛飾區應該可以更熱鬧了吧！」，需要使用何種文字？

內容：在大富翁也出現的「便宜葛飾特產」，不用參加遊戲也可以買得到。

例如：跟家人朋友一起來玩

❹獲得「邀請周圍的人參加」的行動，所使用的文字是？

內容：請一定要「跟家人朋友一起來玩」。

　　想想看對於「❷正面台詞」以及「❹你所要求的行動」的對應文字（訊息）為何？這項訊息不需要完全對應所有問題。而一個訊息也可能可以涵蓋數個範圍。

Q：想不出要回應什麼語句（訊息）該怎麼辦？

A：訊息的品質與數量與「❷正面台詞」的具體性與數量成正例。重新檢查❷的台詞，讓台詞更具體並試著增加台詞數量。此外，想像那個人就在你面前，你會對他説些什麼，也是頗具效果的作法。舉例來説：對一個考試考不好而沮喪的人，你會對他説些什麼？

a：這次考差了也沒關係，下次一定會及格的。

b：你已經很努力準備考試了，這些努力有很大的價值。

c：再沮喪也改變不了事實！你一定做得到！加油！

哪一個才是正確的呢？是的。全部都是正確答案。

對應的語句無所謂技巧。面對同樣的情況，有人會使用理性的文字，但也有人訴諸以情。

其中的差別在於「個人風格」。有個人風格的語言（訊息）便能與對方取得深切的共感。

Q：老是擔心是否為必要的訊息，反而錯過時機該怎麼辦？

A：不需要判斷何時提出訊息，想到什麼就寫什麼。要不要用，稍後再思考。

填 負面
空

6 負面情緒

不用拘泥於字典上完全相反意義的字句。以相對（相反）意義來思考，從下一頁選出表現相對情感的文字。

Q1：與❸正面情緒完全相反的負面情緒是？

（跟❸的情境完全相對地思考）

例如：不太懂（←「好像很有趣耶」的相對情緒）

擔心（←「好厲害」的相對情緒）

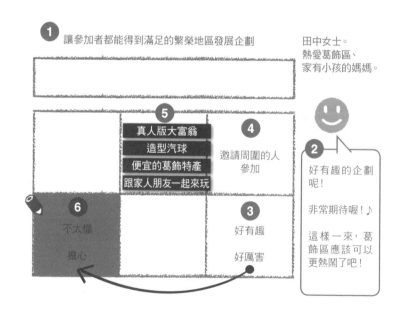

① 讓參加者都能得到滿足的繁榮地區發展企劃

田中女士。
熱愛葛飾區、
家有小孩的媽媽。

⑤
真人版大富翁
造型汽球
便宜的葛飾特產
跟家人朋友一起來玩

④ 邀請周圍的人參加

② 好有趣的企劃呢！

非常期待喔！♪

這樣一來，葛飾區應該可以更熱鬧了吧！

⑥
不太懂
擔心

③ 好有趣
好厲害

Q：想不出相反意義的文字該怎麼辦？

A：可參考下面的文字

無趣、沉重、空洞、意義不明、不安、不滿、焦慮、痛苦、沒有自信、不抱希望、沒有動力、沮喪、心浮氣燥、寂寞、悲傷、孤獨感、憂鬱、害怕、混亂、擔憂、惶惑不安、緊張、擔心、嫌惡、失望、焦燥、疑慮、洩氣、吃驚、恐懼、無聊等等。

參考案例

::: 大幅提升回購率的祕密是「負面思考」

引導出與正面情緒完全相反的負面情緒，就能觸碰到意想不到的感情地帶。截至目前為止，雖然一直留心避免強迫推銷，但總是還會出現推銷模式。一位有著以上煩惱的三十多歲經營者在使用過共感圖表後，所說的一但話，讓我留下相當深刻的印象。

「我總是精力十足地一味正面思考，自以為大家都跟我一樣。但其實根本就不是這麼一回事。以往始終沒有意識到的負面情緒，在某種意義上，造成我很大的衝擊。現在的我總算理解了那些拒絕強迫行銷者的心情以理由了。」

而且在某次諮詢會上，提案被否定後，產生了必須反覆說明以及浮現恐懼感的全新感受。但若在會議前，使用共感圖表事先描寫了負面情緒，所能接受的反應也變更大了。

連客戶都對我說：「不知道為什麼，就連開會也讓我不再覺得是壓力。」這樣的變化則是反應在回購率大幅成長的成果上。

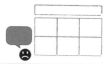

填 負面空

 7 負面台詞

想像有個帶有負面情緒的「虛構人物」讀了你的文章，畫出一個不服氣表情的圖案，在圖案上，針對以下問題，寫出可能的對話。

Q1：❻帶有負面情緒、讀了你的文章的「虛構人物」有可能會說出什麼樣的話？（模擬那個人會說出口、真實的台詞）

例如：「什麼樣的企劃呢？」「不就是高中生的企劃跟活動嘛，真的會好好做嗎？」

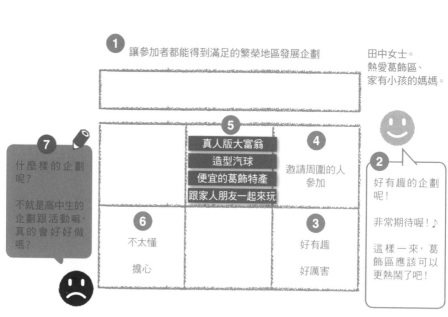

Q：可不可以不要另外虛構一個人物，而是讓在「❷正面台詞」所選擇的對象處於負面情緒，讓他說出負面台詞？

A：並不建議這樣做。因為自己擅自的想像，會讓自己對對方產生負面印象。

Q：**想不出台詞該怎麼辦？**

A：對方的形象越鮮明，就越能想出活生生的台詞。想像對方就在你面前與你對話的樣子。

Q：**台詞變抽象該怎麼辦？**

A：在「❷正面台詞」也曾提及。事實上，抽象式表現在書寫時是很輕鬆的。所以如果沒有多加留意，不知不覺中就會讓呈現字彙變得非常抽象化。然而，抽象化台詞並無法創造出引發共感的訊息。

但是要如何做才能【抽象化】→【具體化】呢？

對於這種讓人覺得抽象的台詞，先自問「為什麼？」「也就是說？」「什麼意思？」一面問自己，一面逐步深入核心，就能聽見負面情緒的具體台詞了。

例：

「好忙喔」→「為什麼？」→「光是要熟悉工作內容，就夠忙的了」。

「好像很麻煩的樣子」→「也就是說？」→「不太想嘗試新的事物」

「不會吧」→「什麼意思？」→「我可以相信你嗎？」

像這樣直接「詢問」，越問越能得出具體的台詞。而台詞越具體，接著引出的訊息也就會更具體而明確。

填 _{負面} 空

8 負面背景・真心話

處於負面狀態的虛構人物之所以說出負面台詞的理由是什麼？思考說出
真心話的背景以認清現實。

Q1：衍生出負面狀態的背景・真心話是？

（讓行動中止的原因）

例如：大富翁與葛飾區有什麼關係？

因為有「大富翁與葛飾區有什麼關係？」為背景（真心話、認清現
實），所以才會說出的負面台詞。

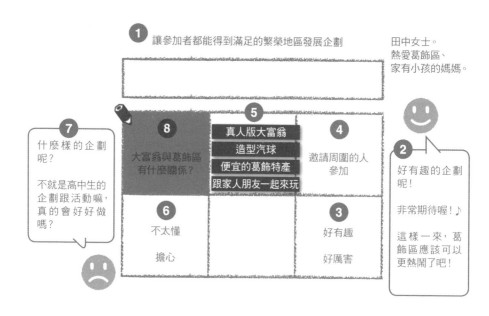

① 讓參加者都能得到滿足的繁榮地區發展企劃

田中女士。
熱愛葛飾區、
家有小孩的媽媽。

⑦
什麼樣的企劃
呢？

不就是高中生的
企劃跟活動嘛，
真的會好好做
嗎？

⑧
大富翁與葛飾區
有什麼關係？

⑤
真人版大富翁
造型汽球
便宜的葛飾特產
跟家人朋友一起來玩

④
邀請周圍的人
參加

②
好有趣的企劃
呢！

非常期待喔！♪

這樣一來，葛
飾區應該可以
更熱鬧了吧！

⑥
不太懂

擔心

③
好有趣

好厲害

Q：會出現跟負面台詞完全一樣的文字該怎麼辦？

A：沒有問題。越是具體深入探索❼的負面台詞，就有可能會得出同樣的文字。

Q：思考背景以及真心話時是否有祕訣？

A：以下的問題即為提示。

那些主觀意識、要求是現實性的嗎？／有例外嗎？／「沒有想過要～」的別種說法，有其他選項嗎？

每個人都是從過往的經驗中主觀認定「現實就是如此」、「期待」、「要求」以及「現實就應該是如此」。這些負面情緒壓抑了原本想要採取行動的心情。若是接近這些背景以及真心話，就會發現對方的煩惱、不安、惱怒、不滿以及隱藏在負面情緒背後的需求。不少人就有過這種想像力飛躍的「恍然大悟」經驗。

▪▪▪ 負面背景・真心話

這是我受邀到公立高中演講時的經驗。為了演講內容，我與負責的三位老師一起描繪共感圖表，所設定的對象是從不曾認真聽別人說話的學生。開始填寫圖表，思考負面背景・真心話時，其中一位老師慎重地說：「或許……或許有些學生不懂得自我肯定，即使被稱讚了，也事不干己。父母親也從不稱讚，完全不瞭解自己的存在價值。」

從這個發現中所產生的訊息，存在著非常深厚的溫柔。

演講結束後，老師們紛紛感謝我：「學生們的眼睛開始閃耀光芒，開關打開了」。

這就是找到負面背景、真心話，讓共感圖表有了生命的關係。這也是我跟三位老師之間的共同祕密。

填 負面空

 9 回應負面情緒的文字

到現在為止，圖表屬於負面情緒的左側部分已經填滿。現在要思考的是，你要給處於負面狀態的人什麼樣的文字，好讓他們在讀了你的文章，能夠接受（獲得安慰、療癒）。

Q1： 要能讓處於負面狀態的人接受（安慰、療癒），你必須使用何種文字（訊息）？請在便條紙可書寫的範圍內，寫下三到五個關鍵字。

　　例如：「學生們相當努力」：針對❼負面台詞「不就是高中生的企劃跟執行嘛，真的會好好做嗎？」時，使用的文字。

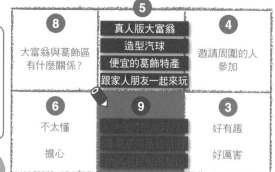

1 讓參加者都能得到滿足的繁榮地區發展企劃

田中女士。熱愛葛飾區、家有小孩的媽媽。

5
真人版大富翁
造型汽球
便宜的葛飾特產
跟家人朋友一起來玩

8 大富翁與葛飾區有什麼關係？

4 邀請周圍的人參加

7 什麼樣的企劃呢？
不就是高中生的企劃跟活動嘛，真的會好好做嗎？

2 好有趣的企劃呢！
非常期待喔！♪
這樣一來，葛飾區應該可以更熱鬧了吧！

6 不太懂
擔心

9 學生們相當努力
熱愛葛飾區的青春
地區發展也很重要

3 好有趣
好厲害

　內容：為了讓大家都能盡興，「學生們相當努力」。

　例如：針對❽負面背景・真心話「大富翁與葛飾區有什麼關係？」，所使用的文字是，「專屬葛飾區的遊戲」

　內容：「專屬葛飾區的遊戲」，利用玩遊戲，輕鬆瞭解與葛飾區相關的知識。

　例如：「地區居民一起協助」：同樣是回應❽負面背景・真心話「大富翁與葛飾區有什麼關係？」情緒的文字。

　內容：有葛飾區的「地區居民也來幫忙」才能成立。

　　　※面對每句台詞、背景以及真心話，也可能會有複數的句子出現。

　對於「❼負面台詞」、「❽負面背景・真心話」，必須一一個思考對應，但並非絕對可以立刻想出所有對應訊息。有時會稍微思考吸收後才會想起來，所以不必拘泥於時間，請繼續進行下去。

　一個訊息有可能適用於其他問題，如同對應❼負面台詞「什麼樣的企劃呢？」的句子是❺「真人版大富翁」，也可以適用於❺「給正面的文字」。

　習慣之後，也會得出❾給負面的文字。

常見問題

Q：想不出要說的句子（訊息）該怎麼辦？

Q：懷疑這是否是必要的訊息，結果錯過時機該怎麼辦？

A：請參考給正面文字的常見問題（請參照P.93）

Q：為什麼要對負面情緒產生共感？

A：「我不需要你的商品」→產生共感，進而接受「顧客的確是不需要這項商品」

　「現在很忙，沒有時間」→產生共感，並且予以慰藉「瞭解顧客的確很忙」

　我們可以藉此在不傷害對方的情況下，深入掌握狀況，讓視野更加宏觀、增加選項，擴大各種可能性。

填 空

 10 主題・標題

Q1： 若用一句話來說明這個共感圖表的話，是什麼？

（若把這圖表當作是一部電影，片名是什麼？）

例如：東京都葛飾區的美食魅力

※利用遊戲輕鬆瞭解葛飾區的各種知識、更可以買到便宜的特

產，這個一石二鳥的創意，產生了「美味」這個主題。

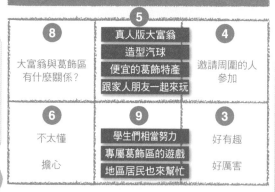

① 讓參加者都能得到滿足的繁榮地區發展企劃

田中女士。
熱愛葛飾區、
家有小孩的媽媽。

10 東京都葛飾區的美食魅力

7
什麼樣的企劃
呢？

不就是高中生的
企劃跟活動嘛，
真的會好好做
嗎？

8
大富翁與葛飾區
有什麼關係？

5
真人版大富翁
造型汽球
便宜的葛飾特產
跟家人朋友一起來玩

4
邀請周圍的人
參加

2
好有趣的企劃
呢！

非常期待喔！♪

這樣一來，葛
飾區應該可以
更熱鬧了吧！

6
不太懂

擔心

9
學生們相當努力
專屬葛飾區的遊戲
地區居民也來幫忙

3
好有趣

好厲害

Q：**想不出好的主題、標題該怎麼辦？**

A：到目前為止，你從各種角度把你想要表達的文字都寫在圖表上，可以從中
再選取出二至五個你最想表達的文字，組合起來，應該就可以得出主題、
標題。

　　例1：選取字彙：節食、認真、瘦身計畫、討厭、瘦下來
　　　　　標題：不用節食的正港瘦身計畫
　　例2：選取字彙：提高營業額、人事、指揮
　　　　　標題：提升營業額的人事調動

Q：**可以在【填空】作業完成後，再來考慮主題、標題嗎？**

A：可以。【填空】之後，再重新檢閱整體內容，有時腦中就會浮現出標題和
主題。而且，決定主題和標題後，有時也會改變【填空】的順序。

Q：**主題、標會成為標語嗎？**

A：有。這很常見。

Q：**使用圖表時就想到標題、主題，可以直接使用嗎？**

A：即使只是在使用圖表的當下，只要共感開關開啟，聯想到主題跟標題是常
有的事，請好好重視那個瞬間。因共感圖表，從各式觀點出發，發現個人
本質，而從中產生的主題（標題），常會顯現出你的世界觀（你所期望的
世界）。

把在【填空】中的❺❾方塊上所張貼的便條紙移到六宮格外,並於六宮格的右上角到左下角畫出一條曲線。

畫曲線時,完全不用多想其他事,隨意畫出即可。也可以參考以下案例描繪曲線

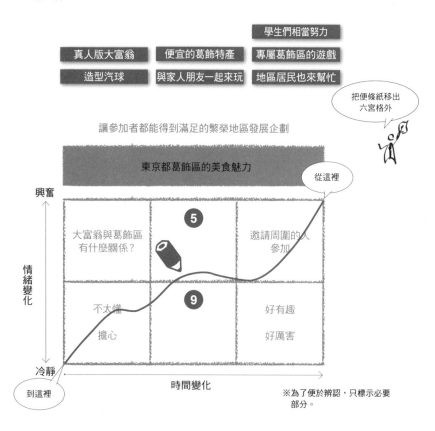

※為了便於辨認,只標示必要部分。

常見問題

Q：這條曲線有何意義？

A：六宮格的橫軸代表「時間變化」，縱軸則是「情緒變化」（興奮→冷靜）。

代表閱讀者閱讀文章、故事的心情，變得興奮、快樂的這條線。但為何不是直線而是曲線呢？這是因為變化並不是直線進行的。讀者在閱讀過程中所產生的感情變化，視覺化表現就是曲線，這樣更能貼近閱讀者的想法。

參考案例

∷∷ 賜給了我羽翼的共感圖表

填寫共感圖表時，會不斷出現「理性」與「感性」以及「個人風格」的訊息，而曲線則刺激每個人自由奔放的感性。

一位在大學任教的老師必須寫出論文，卻困於一個字也寫不出來的痛苦中。那是因為「抱持完美主義的自己」與「擁有自由感性的自己」兩者抗衡，導致下筆困難。兩者都是真正的自己，但不斷衝撞，卻讓他非常痛苦。

然而，在使用共感圖表的同時，始終彼此衝撞的兩個內在性格，卻開始合作無間。依順序填寫圖表的理性作業中，更深入理解對方，刺激內心，使一直糾結的困擾獲得解放，兩個對立的情感就此統合。

「讓理性與感性同時獲得滿足的共感圖表，給了我一雙羽翼」。告訴我這件事的老師，為了論文寫作，用模造紙做了一張超大的共感圖表，甚至為了這張圖表，還訂購了專用的書桌，稱為「共感書桌」。

貼 上 ②

　　讓讀者讀到最後，並且引發行動的文章結構之一，依【為什麼→箇中原因→如果】的順序，貼上相關訊息（便條紙）。

例如：把六宮格的縱向兩格視為一個區塊

▶第一區塊：為什麼（什麼原因？什麼內容？）
　　→利用「真人版大富翁」、「專屬葛飾區的遊戲」來表示「為什麼」舉辦這項
　　　活動。

▶第二區塊：箇中原由
　　→利用「便宜的葛飾特產」、「造型汽球」來表達有趣活動氣氛的「箇中原
　　　由」。

▶第三區塊：如果
　　→利用「學生們相當努力」、「與家人朋友一起來玩」來誘發「如果」產生的
　　　行動。

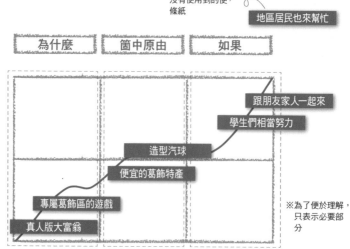

Q：沒有使用到的便條紙（訊息）要如何處理？

A： 沒有必要非得使用到全部的便條紙。當時未經判斷而寫出來的訊息，在此只選出要用的部分。

此外，與故事沒有產生連結時，在這個階段也可以追加新的便條紙（訊息）。也就是説，在描寫圖表的過程中，隨時都要觀看全體樣貌，在【貼上】階段，都可以增加便條紙（訊息）或是減少。

Q：可以再多説明有關「為什麼→箇中原由→如果」

●為什麼（為何？什麼內容？）：讓人想繼續閱讀的內容

●箇中原由：瞭解「為什麼」之後，「箇中原由」讓人可以接受的內容

●如果：經過「為什麼」「箇中原由」的階段後，再更進一步的內容。

Q：不去想【為什麼→箇中原由→如果】，可以憑直覺直接沿著曲線貼上訊息嗎？

A： 當然可以。關於這點，還可以參考P.137的解説。

Q：貼便條紙時有所謂順序嗎？

A： 與時間軸逆向的思考【如果→箇中原由→為什麼】，比較容易張貼。首先，先貼上與「如果」相關的便條紙，決定文章的結局。

接著，為了抵達結局，再貼上「箇中原由」→「為什麼」的相關便條紙，就會比較順利。當然，不是一定要遵守這樣的順序。用你自己喜歡的順序也是很OK的。這只是個參考（請參照P.122）

Q：如果沒有【為什麼→箇中原由→如果】相關的便條紙的話？

A： 回頭審視【填空】的❺❻的給正面（負面）的語句，找出與【為什麼→箇中原由→如果】的語句，追加便條紙。

Q：想像飛躍，產生創意後便滿足了。沒有寫成文章也可以嗎？

A： 當然。沒有寫成文章也可以。只要得到一個成果，該份共感圖表就有充分的存在價值了。

完成的文章在這裡

連 結

真人版葛飾區大富翁

☆等身大

真人版大富翁

桌遊為真人尺寸，遊戲者本身為棋子，在桌遊上走動。卡片與骰子當然也都是特大尺寸。

☆葛飾版

遊戲為葛飾版本

卡片以骰子均為葛飾版。只是玩遊戲就能輕鬆獲得與葛飾相關的知識。請藉此多瞭解葛飾區有趣的地方。在遊戲中，暢遊葛飾吧！

☆特產販受區

便宜的葛飾特產

桌遊的隔壁攤位，就是販賣在大富翁中也出現的葛飾特產。比商店售價更便宜。不玩遊戲也可以購買，請多多採購吧。

☆帶著小孩的父母

造型汽球

一聽到大富翁，可能有不少人會退避三舍，但是「真人版葛飾區大富翁」則是光聽就覺得有趣的活動，規則也很簡單。此外，只要參加就送造型汽球，親子共遊，鐵定有趣。

☆結果

學生們相當努力

為了讓更多人享受活動的樂趣，學生們很努力地策畫。不只是小孩，這是任何人都可以玩得盡興的企劃。

與家人朋友一起

請跟家人朋友一起來參加！

左頁的文章，是實際上刊載在學校網頁的文章。

【連結】的部分決定了便條紙的順序、文章結構後，把便條紙上的關鍵字恢復成原來的內容（訊息）寫成文章。連結那些訊息的同時，也整理文章的表現即可。

最後的成果就是活動受到熱烈歡迎，成功達成目標。學生們都能感受到許多人享受其中，體驗了一個充實的園遊會活動。

在特產販賣區，學生們向當地傳統老店購進了包括店內平時販賣的麻薯在內的四種葛飾特產，共有一百二十個，而這些商品在兩天內全部賣完。

而購買這些商品的人就如同在【填空】❷的正面台詞所設定的那樣，都是親子一同前來，完全命中目標。

常常聽到個人經營的小型蛋糕店，一個三百五十日圓的蛋糕，一天連三十個也賣不出去。

營利商店尚且如此，完全沒有商業以及販售經驗的高中生，卻能在兩天內賣掉一百二十個商品，真是了不起的成就。

Q：將便條紙（訊息）轉化為文章時，有順序嗎？

A：從曲線的左下開始編寫文章。若有停滯則先略過，不用再意，繼續編輯下一張便條紙。持續編寫就會如同拼圖般，逐步拼出文章的樣貌，此時再回頭編寫之前略過的部分，也會變得更順暢。

將【填空】時所想出來的訊息（加諸文字）若全部照抄，文章會變得過長，很難抓住整體樣貌，並無法思考文章結構，因此這些訊息全都化為關鍵字寫在便條紙上，簡化內容（訊息）。在【貼上】階段，貼換便條紙（訊息），在文章結構完成後，將便條紙的訊息還原（回想），並完成文章。

最後，將各張便條紙文章化後，整理為易讀（通順）的文章，並重新整理文章表現，完成一篇文章。

Q：重新貼換後，如何知道文章已經達到可發表的標準？

A：重新貼換後的結構，「直接使用」可發表的標準，可以對照【填空】❷正面台詞所設定的對象在無特定目的（日常的延長）狀態下開始閱讀，既興奮又想展開行動，或是【填空】❶所設定的目標完成時。

Q：便條紙（訊息）太多，反而會造成混亂該怎麼辦？

A：不用使用太多便條紙，如果舉棋不定，就選擇大約三個你最想傳達的便條紙（訊息）貼上，總之先決定大致走向。

::: 引導出腦中知識和經驗的「故事力」

開始書寫文章前，依序完成的便條紙（訊息），可以有如與人真實對話般（或是試著實際對話）把內容讀出來，如此一來，有助於聯想到新訊息、新想法以及讓故事擁有一貫性。

看著便條紙，在還沒深入思考前便開始對話，聯繫便條紙（訊息）與便條紙（訊息）的關鍵字來編織故事。此時，你會感覺到像是打開水龍頭般，文字不可思議地不斷湧現。

此外，若能試著將談話的內容用錄音筆或智慧型手機錄下來，也能使寫文章變得更輕鬆、快速。

我在跟客戶開會時，完成共感圖表後會馬上閱讀圖表並且大聲朗讀剛書寫完成的故事。

因為沒有預先說明，所以剛開始客戶一時之間也覺得很困惑。

但只要開始對話，語句便會愉快而平穩地出現，接著彼此變會滿臉笑容地聊了起來。

「比我想像的還能聊耶。那麼有力的文字，完全不像是我平常會使用的口吻，非常有趣。」

這就是利用故事的力量，將儲藏在內在所擁有的知識及經驗引導出來。

案例中，使用共感圖表的吉樂同學來採訪我時，我也給了同樣的建議，據說她是利用錄音來完成文章。

如此一來，文章通順與否、連結部分有沒有不自然之處，都可以明確得知，更換便條紙順序的同時，也完成了整篇文章。

你覺得如何呢？

這個園遊會的成功案例，藉由商業的成功，給了我們一個很大的啟事。

案例中，有個負面台詞❼「不就是高中生的企劃跟活動嘛，真的會好好做嗎？」對此，並不是一味大聲疾呼：「有好好在做啊！」而是表示：「學生們相當努力。」，一方面接受對方的負面情緒，同時使用可以獲得信賴的訊息，學生們的堅持、誠實、認真，讓我得到安慰。

共感寫作最重要的不只是重視對方的正面情緒，還要貼近對方的負面想法。藉此，你的心情也會變得更輕鬆，自然與對方產生連結。

商業行為也是如此。只是宣傳商品的優點，對方也會覺得煩悶，但貼近負面想法，理解對方的本質，並且接受這些的話語，與對方的關係將會產生大幅改變，對方的快樂與你的快樂便會開始重疊。

如果貼近對於你（的商品）抱持負面情緒，並且不付諸行動者的內心，便不會製造出敵人。有時候即使不購買商品，也會成為你的追隨者，甚至想再次閱讀你的文章。

此外，使用共感圖表後，也可能學會深入瞭解對方的思考方式（亦稱為想像共感）。

有位高中生在開始使用共感圖表後，學會為他人著想：「一直以來，我只會考慮自己的事，才會交不到朋友。我覺得接下來應該要有所改變。」

平常不太開口說話的學生卻很高興地自己跑去對老師說了這些話。對我說這件事的級任導師當時看來也很開心。

此外，開始使用共感圖表後，

　　「對人變溫柔了」、「自我的內在可以取得平衡」、「可以用對方的觀點來看事情」。

　　類似這類內在發生變化，在正面與負面間產生新價值──意識到自己的本質，從內在湧現自信。

　　因為使用了共感圖表，得以貼近對方的想法，若能從美好未來往前回溯思考，自然就能帶你往未來及對方的想法前進。

　　接著，從你的內在被誘發出來的是，這世界上只有你才能寫得出來、能動搖對方心情的文字（訊息）。

　　產生共感、感動人心這點，還可應用在所有溝通上，範圍多不勝數。

共感寫作的活用範圍

網路

網頁／臉書／商業部落格／個人部落格／電子銷售文／活動介紹／感言／電子報／免費電子報／電子郵件／客服中心／免費報紙／網路廣告／商品介紹／諮詢信件／通知信件／網頁首頁……

周邊

傳真／廣告傳單／情書／海報／提案書／求才廣告／官方新聞稿／雜誌文稿／新聞連載稿件／專欄／名片／論文／畢業論文／小冊子／散文／履歷表／檔案資料／地方政府活動介紹文／公司內部報告／雜誌廣告／內容證明郵件／寄送給私人的廣告信件（DM）／型錄／目錄／情報誌／郵件通訊／校內報刊／原稿寫作／員工寫作訓練……

其他

編寫腳本（演講會、簡報、演說、動畫）／顧問／諮詢／自我諮詢／團體會議／團體活動／結婚儀式致辭／採訪對應／製作概念／學校授課／學生入學考試／教練／個人會議／討論／公司內部溝通／思考整理／情緒整理／社員教育／協商／客戶服務／電話應對／日常會話／研修內容總結／溝通／提出創意工具／啟動新企劃／音樂會企劃／旅行企劃／行銷支援／成立粉絲團／朝會／深耕事業／振興鄉鎮／年度計畫／溝通工具／家庭溝通／應徵練習／面試／自我宣傳／銷售語言……

一目瞭然的共感圖表

　　接著要以共感圖表的相關圖示（請參照P.112～113）進行解說。瞭解各個方格之間的關係，確認各自的任務。

　　能理解相關圖表到共感圖表的機制後，對於全體構造有更深的理解，就算無法理解，也能達到結果，請安心使用。

　　這就跟不知道導航系統的機制，仍可自動被帶往目的地是一樣的道理。

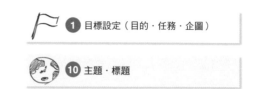

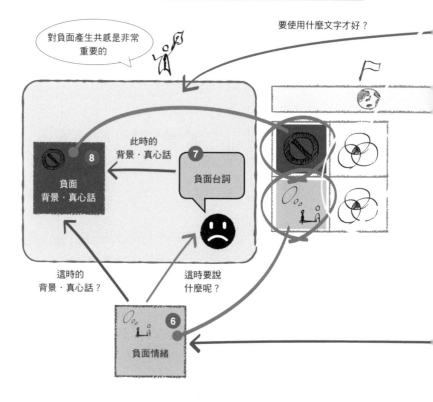

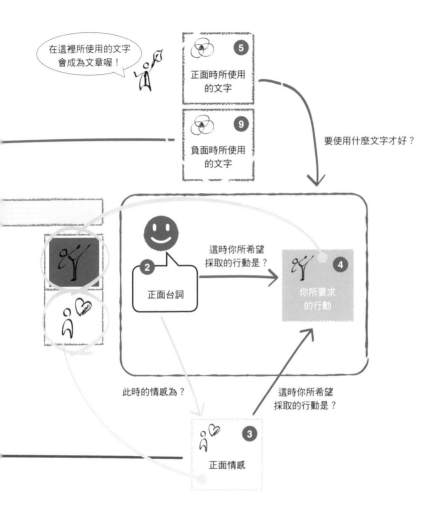

在這裡所使用的文字會成為文章喔！

⑤ 正面時所使用的文字

⑨ 負面時所使用的文字

要使用什麼文字才好？

這時你所希望採取的行動是？

② 正面台詞

④ 你所要求的行動

此時的情感為？

這時你所希望採取的行動是？

③ 正面情感

1 目標設定（目的、任務、企圖）

◆開始書寫文章的出發點

所謂目標，像是「三十名滿額」、「一個月內達成兩倍的營業額」等，目標若有具體數字會顯得更為明確。

當然，像是「獲得追隨者」、「衷心感到快樂」等目標設定亦可。

目標設定可大致分為兩個目的。

一是確認書寫的目的，決定抵達的目的地。

二是提高書寫的動機。

書寫文章時，情感及情緒都對文章有很大的影響。痛苦時所寫的文章就會成為一篇痛苦文。開心時寫的文章也會傳達出快樂。興致高昂、興奮時書寫文章……等等受書寫文章的技巧。

但若是工作上遇到不得不書寫文章的情況時，有時即使設定目標，也無法提昇動力。此時，若已達到目標，卻又不知接下來的行動時，那就設定目標後的「下一個目標」。例如：試著使用○○。

●目標達成的結果，我成為○○（獲得、達成）

　※ ○○可以是對自己的讚美。

例：

· 目標：公司發出一期電子報，某商品賣出五十份。

· ○○（目標的下個目標）：獲得長官的肯定，製造升官機會。

※ 設定可以提昇你的行動動機的「下一個目標」。

　接著，對於設定好的「下一個目標」則用「為什麼？」「也就是說？」「什麼意思？」自問自答約五次以上，進一步深入問題核心，更接近你所期待的理想世界。舉例來說：

· 公司發出一期電子報，某商品賣出五十份。

　⬇「為什麼？」

· 獲得長官的肯定，製造升官機會

　⬇「也就是說？」

· 獲得公司的信賴

　⬇「什麼意思？」

· 有想要做的事情

　⬇「為什麼想要這樣做呢？」

· 工作是我人生的意義

　⬇「也就是說？」

· 想讓孩子看到認真工作的父親

　此外，透過設定「下一個目標」，使眼前的目標成為中繼站，也具有讓一開始的目標更容易達成的優點。

② 正面台詞

◆想像對方擁有比現在更豐富的未來

更真實想像正面（肯定）的狀態，為了獲得共感力，請選出一位對象（現實中真實存在的人），想像這個人讀了你的文章，感到興奮（馬上就想說分享）。

利用使用共感圖表將「那個人擁有比現在更豐富的未來」以及「你所想要實現的目標（目標的「下一個目標」）」的關係相互連結。

也就是說，使用共感圖表所寫出來的文章，將能夠實現你跟對方所共同期待的未來。

③ 正面情緒

◆客觀地面對說出「②正面台詞」的人

散發正面情緒的目的是為了引出完全相反的「❻負面情緒」。所以有必要虛構一個會說出「❼負面台詞」的對象。

也可以往後退一步，客觀地審視（提高抽象度）這位說出「②正面台詞」的對象。

◆描寫出你跟對方都能快樂的行動

正向說出「❷正面台詞」或在「❸正面情緒」下，寫出你希望對方採取的行動。

對方讀了你的文章，多少會獲得些許助益，你的文章就產生了價值。大多數情況下，重要的是讓對方有所行動，而對方也能獲得利益。

※ 前提是該行動為你以及對方帶來快樂。

 ⑤ 回應正面情緒的文字

◆從對方的正面未來，抽選出訊息

先思索要讓讀了你的文章的人擁有快樂的未來（「❷正面台詞」＋「❹你所要求的行動」）後再思考。亦即從美好未來回溯思考，再抽選出訊息。

負 面

6 負面情緒

◆想像負面的「虛構人物」

要引出負面（否定）情緒，就必須想像那位說出「**7**負面台詞」的「虛構人物」的樣貌。

為什麼要為負面的部分想像一位「虛構人物」呢？

因為如果像「**2**正面台詞」那樣利用真實存在的人物為模特兒，負面情緒很容易膨脹，使得現實情況容易被那樣的負面情感左右。換句話說，想像是為了預防避免嫌惡對方。

7 負面台詞

◆對方的負面也描寫出來

行銷文章的技巧多數都偏重在正面部分，但是身處於任何人都可以成為媒體發聲者的時代，貼近帶有負面、無法行動者的內心及想法是非常重要的一環。因為，受傷害、不快樂這種負面的能量也會隨著社交的浪潮而逐步擴散。

共同感受這種負面情緒，正是今後時代所需的技能。

❽ 負面背景‧真心話

◆接近對方的負面想法，擁有更深入的共感

　　貼近說出「❼負面台詞」的背景以及真心話，便能更深入瞭解對方的情緒。負面台詞後的背景及真心話，將如同光線般，讓對方的共感顯得更為立體。

　　依「❻負面情緒」→「❼負面台詞」→「❽負面背景‧真心話」，階段性地從各角度挖掘對方的共感，便會產生到現在為止未曾有過的價值。

 ❾ 回應負面情緒的文字

◆把承受負面的訊息抽離出來

　　這不是強迫將負面狀態扳正的訊息。太過用力只會讓狀態更歪斜。重點是，溫柔地包覆負面狀態，並且接受它。

　　這個訊息裡要完整呈現出你的個性與性格，那就是你的魅力。用只有你才說得出來的文字，自然地打動對方的心。

 **主題・標題**

◆在圖表中拉出一條中心軸線

若能依順序來填寫共感圖表，便會產生凝聚共感力的文字。

從這些珍貴的文字中，製造成為文章中樞的主題（標題）。等到主題（標題）出現後，便完成了可作為基柱的中樞，這將使結構變得更完整，形成穩固的體格。文章故事有了軸線，就能更穩固。

就算只是想出不錯的概念及標語，也會衷心地說學會使用共感圖表真的太好了。過去只能窺見部分的事情，現在卻能用一句話以一貫之，那瞬間將會產生難以形容的快感，請一定要試試看。

Part 4

五種文章類型所撰寫的文章

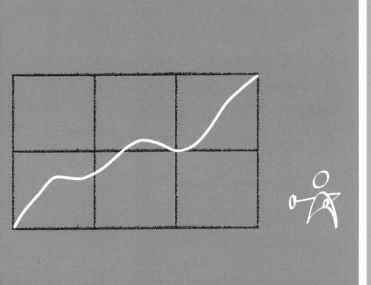

文章用【③如果】→【②箇中原由】→【①為什麼】的順序來書寫

　　填寫共感圖表，聯想出可以衍生共感的訊息，構成【貼上】材料（訊息）後，就形成了文章架構。

　　我最喜歡這部分的作業了。

　　即使是相同的材料（訊息），只要稍微變換順序（構成），就會不斷出現擁有不同魅力的文章，令人興奮。架構完成後，就要調整文章整體表現。Part2 跟 Part3 中的【貼上】，是依【為什麼→箇中原由→如果】的順序來張貼訊息（便條紙）。

　　當時也曾提到，要讓【貼上】的作業進行得更為順利，訣竅就在於可以不要按時間軸【①為什麼→②箇中原由→③如果】的順序去貼，建議可以依【③如果→②箇中原由→①為什麼】，與時間軸相反的順序來貼。

　　因為只要先決定【③如果】文章的結局，就很容易找出達到這個結局的路徑，接著再去思考【②箇中原由】，就更能看出文章的整體樣貌。

　　文章起始的【①為什麼】是非常重要的部分。如果文章開頭無趣，就不會吸引人們繼續往下讀。但若文章的起文太過清楚明白，也無助於後續的行文。

　　所以，從結局開始思考，與時間軸相反的文章進行方式將使整體樣貌更為清晰，文章邏輯也更容易出線。當然，最重要的是選擇最容易使用的方式，不一定非得依照這個順序不可。

　　【貼上】的原則，也可以套用在接下來要介紹的其他文章類型上。

接下來要介紹的五種文章類型，若能清楚理解，你的文章就會變得別具個人風格。

使用共感圖表進行【填空】步驟時，浮現在便條紙上的「個人風格」文字（訊息）便是所謂的「類型」，在【貼上】步驟時善用風格獨具的文字，能有效形塑文章樣貌。就如同改變髮型及時尚穿搭便能立即吸引出人們的個人魅力。

五種文章類型有：

【文章類型①】行銷文字的結構

【文章類型②】說明文字的結構

【文章類型③】故事文字的結構

【文章類型④】資訊文字的結構

【文章類型⑤】個人文字的結構

等幾個類型。

貼在共感圖表上的便條紙，可以用數種「類型」相互變換順序，變化文章風格。

共感圖表的極致獨特技巧

　　與「根據定義來看……」這類的文字架構相比，嚴格遵守【為什麼→箇中原由→如果】的基本架構下的文章，應該從語感開始發展想像力，並使這樣的寫作技巧運用在各領域。

　　例如：本書【封面→圖片→案例介紹】便是依【為什麼→箇中原由→如果】的順序。你之所以會翻看這本書，或許就是因為本書引發你的共感的關係。

●為什麼

　　為什麼我寫的企劃案沒有說服力？
　　六分鐘學會充分傳達內容、情感的共感寫作法

➡「六分鐘？」這書名應該充分傳達了【為什麼】的疑惑，當你腦中浮現問號時，就會吸引你拿起這本書。

●箇中原由

　　只要利用【填空→貼上→連結】三個步驟，就能完成引發共感的文章。
　　使用共感寫作的人都有這樣的經驗……
　　包括【箇中原由】中的文章構成三步驟，以及因【為什麼】所產生的問題，都可以在看過本書的圖片後解開疑惑。

●如果

案例介紹

簡單的【為什麼→簡中原由→如果】的文章構成，應用範圍非常廣泛，若再加上五種文章類型，相信一定可以使你更能享受寫文章的樂趣。

相同的圖表（訊息），只靠更換結構順序，便能改變文章樣貌。但這只是其中一種「類型」，並非絕對，也經常會出現參考剛開始的結構，貼完後，再次改變結構及順序的情況。

張貼的作業完成後，利用簡短時間先審視一次整體樣貌，並做最好的排列（變得更好）。此外，還要藉由不斷累積經驗，進化成專屬你的「文章風格」。

使用便條紙最大的優點就是可以自由地變更結構、掌握整體樣貌，再開始書寫。一般來說，多數人都會希望從頭開始書寫，但卻總因為看不清整體樣貌，而使文章主軸歪斜，即使最後調整架構，卻總是要花費許多工夫。

因為用便條紙將文句精簡化，構成文章時只要像拼圖般，集中精神整理結構即可。一面調整便條紙的順序，一面思考文章的構成，這前所未有的文章寫作技術，是共感寫作極為獨特的技巧。

在這裡所介紹的各文章類型，即使沒有可運用的便條紙（訊息），也會像空氣自然流向真空區域般，輕而易舉地填滿空白訊息。（例文中則以最少數量的便條紙來進行說明）。

以下圖來做比喻，就是當人們看到非正四方形的圖形時，都會想辦法把四邊缺漏的部分補成四方形。各式文章類型就與四方型有異曲同工之妙，若用「文章類型」來描述大致上的文字結構，即使發現缺了一角，也能自然而然地將缺角補足。

　　從填寫共感圖表時所聯想到的可產生共感的訊息，透過貼換讓文章類型產生最大效果。事實上，只要知道五種文章類型，就能立刻讓文字整體樣貌產生變化。

【文章類型①】行銷文字的結構

　　這裡說的並非單指電子行銷信件，雖然希望說服收件人展開行動的目的是相同的，但以「Make-A-Wish of Japan」募款部落格的文章為例，我們來看看這些行銷信件的構成。

※Make-A-Wish of Japan 是為了罹患罕見疾病的兒童，完成他們夢想的志工團體（http：//www.mawj.org）

擁有行銷力的文章構成要件包括將六宮格的縱向兩格看成一個區域，依照「第一區：共感／第二區：新世界／第三區：呼喊口號」的順序，依序貼上訊息（便條紙）（請參照下圖）。

●第一區域：獲得對方的「共感」──「沒錯！」「對啊！」讓人忍不住點頭稱是。

●第二區域：透過文章（商品、服務）提供可以想像得到「新世界」的訊息。

●第三區域：進入「新世界」的步驟為何？「呼喊口號」。

這是我分析所曾參與並獲得成果的商業文章中的共通點，而得到的構成原則。

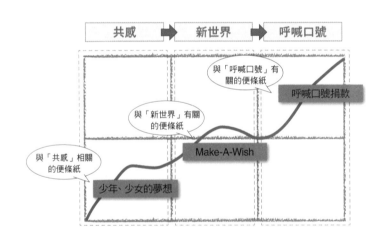

實現孩子們夢想的挑戰

共感
(少年、少女的夢想)

「好想去迪士尼樂園！」
「我想跟海豚一起游泳！」
「我想出版自己的繪本！」
你知道這些少年、少女實現夢想的真實故事嗎？

新世界
（Make-A-Wish）

在這世界上，有些懷抱著夢想的孩子們正和跟罕見疾病搏鬥。但不論怎麼祈禱，願望就是傳達不出去，就此消失無蹤。為了幫助這些與罕見疾病奮戰的孩子們實現他們的夢想，志工團體「Make-A-Wish」出現了。

這是一個世界性志工團體，提供後援、資金、人員等協助，希望藉由實現他們的夢想，讓孩子們獲得與疾病戰鬥的勇氣以及活下去的力量。在日本，同樣也為了能夠實現孩子們的夢想，已經實踐了超過五千個挑戰，更募得九萬次捐款。

「我想，在夢想中，他們就會有活下去的欲望。」而現在的我們也開始尋找自己能夠盡的棉薄之力。其中能做的一件事或許就是加入支援「Make-A-Wish」

這樣的活動，讓人與人之間產生連繫，進而藉由這些連繫創造一個更友善的世界。如果你認同「Make-A-Wish」的活動，請詳閱網站內容。如果裡面有你想要支援的挑戰，請捐款參與活動。

▼ Make-A-Wish of Japan：http://www.mawj.org/

呼喊口號
（呼喊口號捐款）

【文章類型②】說明文字的結構

　　要寫出具說服力的說明文章，首先要把六宮格的縱向兩格視為一個區塊，依「第一區域：序論／第二區域：本論／第三區域：結論」的順序，貼上訊息（便條紙）（請參照下圖）

　　但最重要的其實是序論。

　　序論是將主題所要闡明的事情簡單陳述，要讓讀者讀了之後可以立即想像出文章的呈現。如果能提出問題，便能更順利地將內容連結到主題上。舉個簡單的例子：

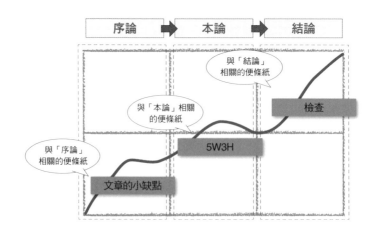

5W3H，讓文章不會有疏漏的方法

●不知道我想要的東西「多少錢」？
●我想知道更詳細的情況，但要「向誰」請教？
●不知道截止日期是「何時」？
讀過這種「搔不到癢處」的文章嗎？
還差一步！很常看到這類總覺得少點什麼的文章。
這種文章用【5W3H】來檢查的話，就能防止這些小小的疏漏。

舉例來說，想像你出去逛街。

忽然間看到店裡頭陳列了一件看來不錯的外套。而且還貼著「五折」的折扣！你心想：
太棒了！試穿後還剛好是你的尺寸。我要這件。但是……到底是「多少錢」……完全沒有
標示價格。

最後經常會演變成「算了，今天不買也無所謂」。那麼，如果寫明了「五折，九千八百
日圓」又會是什麼樣的結果？

如果這個金額在你的預算內，相信你會立刻掏錢買下來吧。

只因為沒有標示價格，就沒辦法買下你心儀的商品。亦即經常是這類非常細微的疏漏，
大大影響人類的行動。

此時，如果能夠使用「5W3H」，就能有效檢查文章的疏漏以及還需要補充哪些訊息。

●5W：When……何時（期限、日期）／ Where……何地、到哪裡（場所、目的地）／
Who……誰、跟誰（承辦人、顧客）／ What……做什麼（商品、服務）／ Why……為什
麼（理由）
●3H：How……如何（方法、手段）／ How many……多少（數量）／ How much……多少（金
額、費用）

並不是全部的要素都是必要的，但要仔細檢查最起碼的必要要素。
若是擔心文章有疏漏之處，那就用「5W3H」來檢查吧。

【文章類型③】故事文字的結構

　　故事性文章結構，首先要把六宮格的縱向兩格視為一個區塊，依「第一區域：出發（決心）／第二區域：試練（對立）／第三區域：回歸（結局）」的順序，貼上訊息（便條紙）。（請參照下圖）

　　我還要再細分為五部分，如下一頁所介紹的《灰姑娘》的童話故事。這是引用自日本文部科學省所刊行的《小學學習指導要領解說國語編》的內容。

　　「明確表現出自己的想法」的結構，不只是把自己腦中的內容明確表達出來，更要注意閱讀者是否能夠明瞭書寫者的想法。文章整理的構成，以故事為例便是「狀況設定—開端—事件展開—衝突—結束」的節奏。

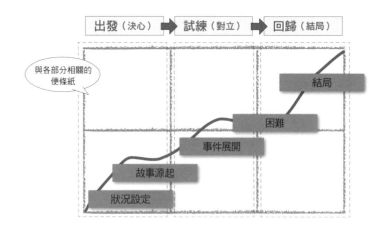

灰姑娘仙杜瑞拉的故事

灰姑娘仙杜瑞拉每天被後母以及後母帶來的異母姐姐們虐待。

有一天，城裡要開舞會，姐姐們打扮好出門，但仙杜瑞拉卻沒有漂亮衣服可穿。

非常想參加舞會的仙杜瑞拉，獲得不可思議力量（魔法、仙女、老鼠、母親遺物的木頭、白鴿……等）的幫助，做好了出發的準備。但……由於半夜十二點魔法將會消失，必須在那之前趕回來。

仙杜瑞拉第一次見到王子。

聽到十二點鐘聲響起而心急的仙杜瑞拉卻把鞋子掉落在樓梯上。王子把鞋子當成尋找仙杜瑞拉的線索。除了仙杜瑞拉外，包括仙杜瑞拉的兩位姐姐在內，完全沒有人能夠穿上這只鞋子。

靠著這只鞋子，仙杜瑞拉再次見到了王子，成為王妃，可喜可賀。

【文章類型④】資訊文字的結構

　　更能發揮自我能力的人人都是媒體的時代，編輯自我宣傳（資料）的內容，就能使自我價值獲得急速成長。可以吸引他人的自我宣傳（資料）結構，首先要把六宮格的縱向兩格視為一個區塊，依「第一區域：現在（你是誰？／在做些什麼？）／第二區域：過去（現在之前的種種關係／契機）／第三區域：未來（未來的期許／追求的世界觀）」的順序貼上訊息（便條紙）（請參照下圖）

　　本書進行到這裡，我以自己為例，寫下我的資歷，敬請參考。

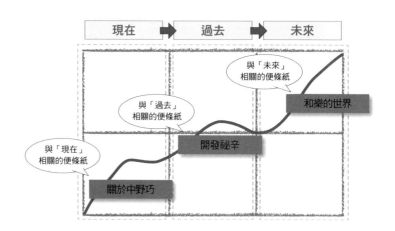

作者檔案

中野巧

現在
（關於中野巧）

1976年生。從事開發共感寫作技巧，並以「共感」為主題，提供商業文書寫作諮詢等服務。協助包括 TOYOTA、SONY、三菱東京 UFJ 銀行、TOSHIBA、富士通、DeNA 等日本代表性企業員工，在工作上或私人領域中活用共感寫作。此外，更超越商業門檻，廣泛應用在部分小學的畢業文集和作文指導、高中的授課、大學教師的論文寫作上。

過去
（開發祕辛）

大學畢業後，從事業務相關工作，卻屢屢未見成果。由於工作上的挫折，讓他開始意識到「若要取得成功，就必須充分善用共感的力量」，因此捨棄了一直以來的強行推銷方式，轉而利用共感力，以易懂的方式傳達資訊。三個月後，勇奪公司業務成績第一名。即將邁入三十歲之際，起心動念，離開擅長的網路市場。為了讓工作更有效率，將使用數十年的獨特文章寫作方式，開發成獨特又有極大成效的共感寫作法。

未來
（和樂的世界）

日後，共感寫作法發展成文章教授講座，因為即效性以及簡明易懂而深獲好評，成為必須排隊等待候補座位的人氣講座。甚至連歐洲商業暢銷書《獲利世代》作者亞歷山大・奧斯瓦爾德也極為推薦。作者希望這個原創於日本的共感寫作法，也可以飄洋過海，影響全世界的寫作模式，並且利用共感力，讓人們密切相互連結，成就和善的世界。

【共感寫作官方網站】http://empathywriting.com/

就專業觀點來看，我們可以發現接下來的時代，個人資訊（自我宣傳）將會越形重要。

一位商品行銷公司的女性經營者，也從事客戶的商業出版企劃。這位女性經營者帶去出版社的企劃書中，最重視的就是作者檔案。

「重要的不是誰企劃，而是這是誰寫的」

對抱持著這個想法的她，我所提出的建議是依【現在→過去→未來】的順序書寫以及連結其中的相關性。

照這個建議所提出的企劃書，編輯的答覆是「企劃本身可能還要再討論一下，但請一定要讓這位作者（人格、實績、經驗）為我們寫書」。真可說是靠個人資訊的力量，打開了機會的大門。

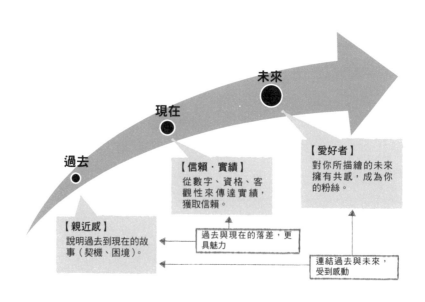

【文章類型⑤】個人文字的結構

　　一邊自由地解讀描繪的曲線，一邊陳述【貼上】的方法。現在你應該已經熟悉四種故事類型的資訊呈現方式，接著要來挑戰曲線。在這裡，因為曲線有高低的明顯變化，顯得更有趣，更容易產生富有個人風格的文章。

　　配合曲線的高低變化，依下列所說基準來貼便條紙。

●曲線上揚部分：感性訊息

　　（讀取後，情感受到刺激，會覺得興奮的訊息）

●曲線往下部分：理性訊息

　　（讀取後，會變冷靜，包含客觀事實以及數字的訊息）

曲線變化大的地方，貼上可以引來更大變化的感性（理性）訊息。

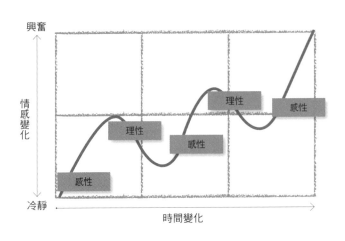

「感性＋理性」的化學反應所產生的兩個效果

　　高低起伏的曲線引發「這裡往上（往下），是因為讀了什麼訊息才會如此呢？」的疑問。

　　從共感圖表中所表現出的「個人風格的訊息」，是因感性與理性混合之後產生的化學反應所引發的驅動力。

　　事實上，即使無法理解這樣的轉變也不是太過嚴重的問題，就像你不知道導航系統的原理，還是能使用系統功能，到達目的地一樣，因此，不懂曲線形成的原理，亦無妨。

　　不懂這些道理的孩子們也是一樣能輕鬆使用共感圖表，得出成果。因此，現在不用急著理解，只要動手嘗試即可。

　　使用曲線以及便條紙的【貼上】功能會出現「兩個效果」。

　　一個是寫出深具你個人魅力的文章。

　　一個是沿著曲線順序，享受自由張貼訊息的樂趣，讓寫作這件事本身也變得有趣。

　　興奮與能量也會藉由有趣的文章傳達出去，吸引對方，產生共感。

◎ 行銷文中的絕對大忌

商業行銷信件，在執行【貼上】步驟時，必須注意以下重點：不能強迫將負面狀態扭轉為正面狀態——也就是說不能寫出過於煽情的故事。【貼上】時要留意的是，【填空】時說出❷正面台詞的對象，必須設定為在漫無目的的狀態（日常生活中）下開始閱讀文章後便能自然而然地變快樂、興奮，並且可能會展開行動。與在【填空】的❶目的設定產生關連。

「希望對方採取行動（購買）」的想法越強烈，文章就會容易傾向「毫無共感力的煽情」。但就如 Part2 所說的這樣並無法達到你期望的目的。

為了自我的利益企圖控制對方的情感，最後並不會為彼此帶來加分作用，反而會破壞雙方的關係。

但如你所感受到的，如果你很清楚自己的文章可以引導你邁向更好的未來，那麼請重新將自己界定為協助者，就能感受到因你的共感而產生的美好新世界。

資訊接收後的力量才要發酵

比起「該如何傳達？」更重要的是「對方會如何接收？」。

因為前者的主角是你，而後者的主角則是對方（閱讀者）。除了日記等私密文字外，文章基本上還是要以閱讀者為主。因此才要把對方能接收到什麼當作優先考量。

但是，只瞭解「接收到什麼？」還不夠清楚，因為更重要的是「接收後，該採取什麼行動？（或感情反應）」。

只要不是希望對方過目即忘的文章，就該讓文章具備些許意義，使對方的感情及行動產生變化，最重要的是，即使只有一點點，也要使自己跟對方都能變得更好、更快樂。

所以，即使不瞭解也能自然辦到，正是共感圖表的功用。

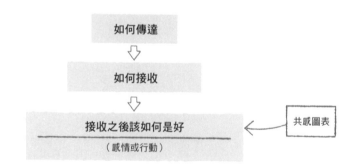

「接收之後，該如何是好？（感情或行動）」

正因為大多數人都能理解這點，所以才會有從年營業額八十億日圓的企業社長到小學生，各個領域的人活用共感寫作法。

也因為使用共感寫作法，不斷發掘出孩子們顯現出自己才能的小故事。一位小學生的畢業文集中寫著：「我將來的夢想是成為一個可以預知地震的科學家。藉此獲得諾貝爾獎，然後捐款給全世界地震的受災者。」這是題目是「夢想」，聽了這故事後，內心也為之震動。

另一間小學的老師則說：「從未有過這麼多充滿個性的內容，平常不擅於寫作文的小朋友的世界不斷擴展，真是太棒了。也許孩子們也在找尋把隱藏在內心深處的東西表現出來的方法吧……」

長大成人進入社會後，自己與自己的內在自省時間，也在不知不覺間被犧牲掉。

但開始描寫共感圖表之後，接近自己所珍重的對方的想法，把對方當作一面鏡子，找出自己內在真正的自我。然後，最重要的不是寫文章的技術或技能，而是「把重要的訊息，慎重地傳達給重要的人」。

你現在可以用電子郵件、部落格、網頁、電子報、行銷文字、臉書等各種方法自由發放訊息。

你沒有表現出來的事物、還沒有擁有能夠適切表現出來的方法，對於世界上某個正等待你的文章的人，是非常大的損失呢。

美國現代舞開拓者瑪莎・葛蘭姆（Martha Graham）曾經說過：

「無論何時，你就是你，所以你的表現一定是獨特的。如果你自己拒絕表現，即使其他任何媒體再怎麼傳達，都不能算是存在，而是從世界完全消失。」

不只是你，與一人或是多數人產生共感，讓對方以及自己快樂的訊息得

以表現出來，便表示打開了你與周遭人們的未來之門。

讀完本書的你，靜靜地，為了打開那扇門……請一定要立刻寫郵件（信件）給重要的人。

收件者可以是「你現在最想寫信的對象」「不得不寫，但之前卻完全不想寫的對象」或者是「一直覺得自己無法寫郵件對象」。

寫出來的這封信，實際寄出去或是原封不動地保留下來，靜待使用時機來臨都無妨。

右手拿著筆，左手拿著共感圖表，我可以感受到你更為活躍、更棒的未來……

產生共感的最大關鍵

　　我的文章原點是因興趣而發送的「每天讓人擁有小確幸」的手機簡訊。在二○○四～二○○五年的一年間發送。主要是想帶給人們勇氣。

　　我曾經是個容易受傷、情感細膩的孩子。

　　被某人的話傷了心，即使傷口化膿，也拔不出插在心口的那根刺。對於那樣的自己，我覺得很丟臉，卻又不知如何是好，只能繼續痛苦下去。

　　為了改變自己，我上了不少成功哲學、自我啟發的課程，一點一滴實踐所學，似乎有種往前踏出一步的感覺。這些簡訊就是要寫給有如當時的我一樣的人，希望能帶給某位正在受苦的人勇氣。

　　「你的文字，讓我見到了希望之光。」

　　「這些通訊文章就像薄荷糖一樣，讓人放鬆。」

　　「不需要過度勉強、只要再稍微努力一下，恢復成當初充滿愛的自己」

　　原本是為了帶給讀者一點點小小的勇氣，才開始書寫，但是我反而從讀者那裡獲得了這些文字的回禮，感覺自己才是那個有收穫的人。用自己的小小才能寫出來的不起眼簡訊，卻像漣漪般擴散開來，帶給人們幸福。而那些人回饋給我的簡短訊息，卻持續迴響著，讓我也獲得幸福。

　　因為那時的感動，才有這本書的出版。

　　雖然從以前就開始持續書寫文章，但是就有如電子報讀者的留言般，若

不是有這麼多的迴響，我根本無法繼續寫下去。

自從開始書寫商業文章後，我竟忘記那些純粹的情感，但那些已經褪色的感情，卻在不經意中，突然回來了。

為了提高自己的業務效率而開發出共感圖表後，周圍人們都來跟我說：「希望你能教我們寫文章。」

這個誤打誤撞的教授過程，也讓越來越多人得到成果，他們也由衷地向我道謝。

對身邊的人傳授自己擁有的知識，進而從中獲得喜悅。這種單純的共感、發送手機簡訊時的感動，激起希望能對某人有所幫助的小小漣漪。透過連結這份小小的心願，讓自己與所有人都得到幸福。

同時，與某人的幸福連結的共感，產生了從傳達到接收、從販賣到購買、從驅使到集合，真切感受到這種巨大共同價值的產生。

若是你能表現出所想望的世界，與你產生共感的人就會自動集結，就好像鐵砂被磁鐵吸引般自然。

發送手機簡訊，與各位讀者有了深刻的連繫，我想，即使只能幫上一點忙也好，即使不靈巧，也努力擠出文章來，或許共感就是這樣慢慢累積出來的吧。

我在寫文章時，就是抱持著這種感覺。

就算是商業行銷文章，透過文章表現出自己所想像的世界，即使顧客現在不買商品，多半也會成為我的書迷。接著，也能帶領著對這項商品有負面想法的人，進入該商品所營造的世界。

雖是隨意書寫的文章，卻在一瞬間觸碰到自己的內心深處。

彷彿從一開始就在那裡等候般，不知不覺便已經自然地有如沙漠甘泉般，在深處紮根。

「希望可以成就一個沒有任何人會受傷害、更溫柔的世界。」

我從小就有這樣的願望。若能把無法用語言傳達的想法，更坦率地表達出來，就會有人與你產生共感，並且給予支持。創造一個充滿情感的空間。

共感寫作便是透過對方，探究自己本質的方法。

自己看不見，卻始終好奇的那個語言無法說明的世界，透過共感圖表這面鏡子清楚映照出來。

產生共感的最大關鍵就是……

世界觀。

你所仔細收藏的「私人物品」或尚未察覺到的小小願景，請一定要藉由文章讓全世界共有。

最後，我要告白寫這本書的初衷。

我希望現在才五歲的兒子以後讀了這本書後，能把這本書當成禮物送給他自己的小孩：「這是我爸爸寫的書喔！」我正是在想像這個情景之下完成了這本書。

讓下一個、再下一個世代都能持續閱讀下去，我相信這在你的人生中，絕對是有價值的一本書。

在眾多書籍當中，你有緣拿起了這本書，並持續閱讀到現在，對於與你的相遇，我由衷感謝。

我誠心希望有人因為這本書而與我產生共感。

二〇一三年六月吉日

中野巧

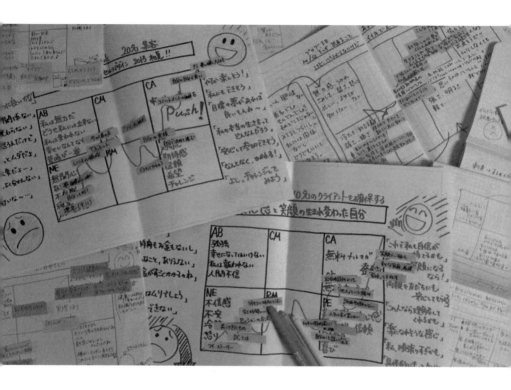

真的有非常多人活用共感圖表，如 P.110 所示，活用的範圍也從商業到教育領域。大家都說：「好厲害，這真是魔法圖表！」

實踐者的真實案例請參照以下網站：

【共感寫作官方網站】

http://empathywriting.com/ewm/casestudy/

在本書最後附上共感圖表使用說明（正面）及空白共感圖表（背面），可自由裁切，讓人隨時使用。

感謝語

　首先要感謝的是，一直激發我的創作，在共感寫作的開發上，給予我非常多提示、提出「全腦思考」的行銷大師、知名作家神田昌典先生；一直到最後，始終殷切、熱情持續給予我強烈建議的責任編輯寺田庸二；在製作企劃階段就一起合作，擁有超群的平衡感並且細心支援我的 EIR. BRANDING 株式會社的福井直子女士。若沒有這三個人的話，就不會有這本書的問世。我要向你們表示衷心的謝意。

　此外，負責裝幀的萩原弦一郎；美術編輯福田由起子；讓我可以集中精神寫稿、無微不至照顧我的城所奈乃子；一起編想內容的石森久惠；幫我設計出這麼棒的 LOGO 的宇佐公司渡邊知博；木村祥子、本多大輔、白鳥徹等「隨心所欲 Business Model GeneraliStars」的好朋友們以及許多給予我案例協助、珍貴的回饋，無法全部一一介紹的好伙伴們。沒有你們的支持，這本書根本不可能完成。

　真的非常感謝大家，能遇見你們真是非常幸福的事。

　平常就很依賴的我，在執筆期間更是為所欲為，所幸有妻子的全力支援，用笑臉以及幽默給予我慰藉的兒子，我要感謝你們。謝謝。

UPC0163

為什麼我寫的企劃案沒有說服力？——6分鐘學會充分傳達內容、情感的共感寫作法

6分間文章術──想いを伝える教科書

作　　　者─中野巧
譯　　　者─王昱婷
編　　　輯─王俞惠
美術設計─比比司設計工作室
執行企劃─林倩聿
董　事　長─趙政岷
總　經　理
總　編　輯─余宜芳
出　版　者─時報文化出版企業股份有限公司
　　　　　　10803台北市和平西路三段二四○號四樓
　　　　　　發行專線─(○二)二三○六六八四二
　　　　　　讀者服務專線─○八○○─二三一─七○五・(○二)二三○四─七一○三
　　　　　　讀者服務傳真─(○二)二三○四六八五八
　　　　　　郵撥─一九三四四七二四時報文化出版公司
　　　　　　信箱─台北郵政七九～九九信箱
時報悅讀網─http://www.readingtimes.com.tw
電子郵件─history@readingtimes.com.tw
時報出版臉書─http://www.facebook.com/readingtimes.fans
流行生活線臉書─http://www.facebook.com/ctgraphics
法律顧問─理律法律事務所　陳長文律師、李念祖律師
印　　　刷─勁達印刷有限公司
初版一刷─二○一四年十一月七日
定　　　價─新台幣二五○元

⊙行政院新聞局局版北市業字第八○號
翻印必究（頁或破損的書，請寄回更換）

國家圖書館出版品預行編目（CIP）資料

為什麼我寫的企劃案沒有說服力？6分鐘學會充分傳
達內容、情感的共感寫作法 / 中野巧著；王昱婷譯. --
初版. -- 臺北市：時報文化, 2014.11
160 面；14.8×21 公分. --（UP 叢書；163）
譯自：6分間文章術：想いを伝える教科書
ISBN 978-957-13-6098-0（平裝）

1. 漢語 2. 作文 3. 寫作法

802.7　　　　　　　　　　　　　　103019706

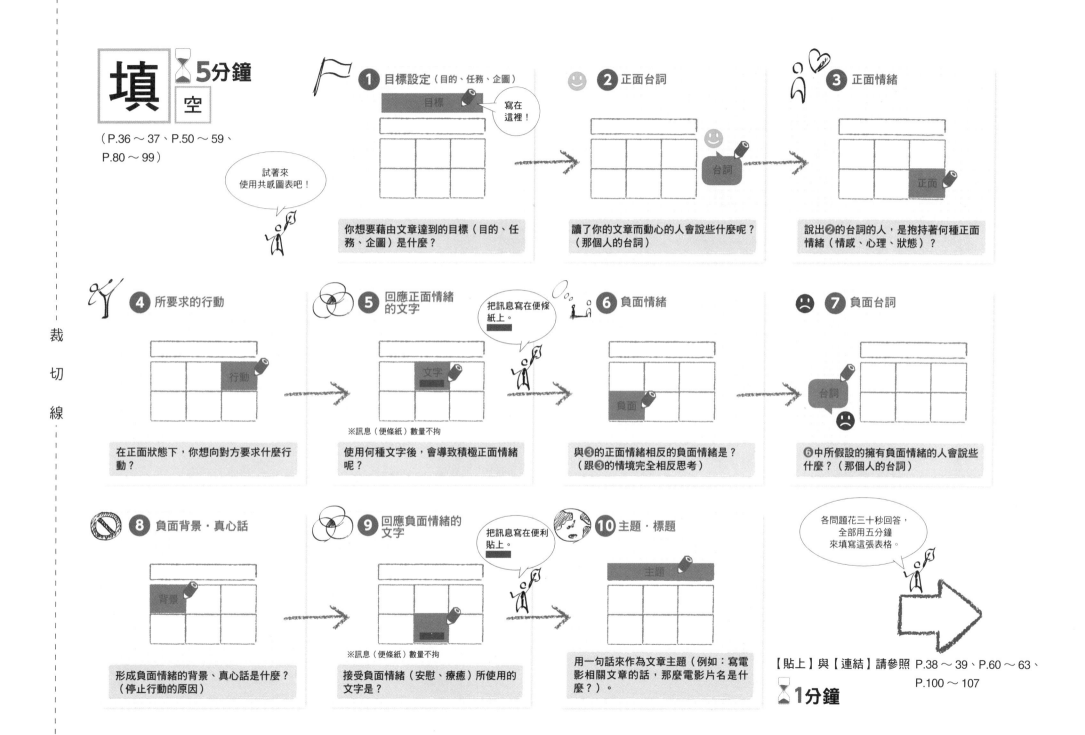

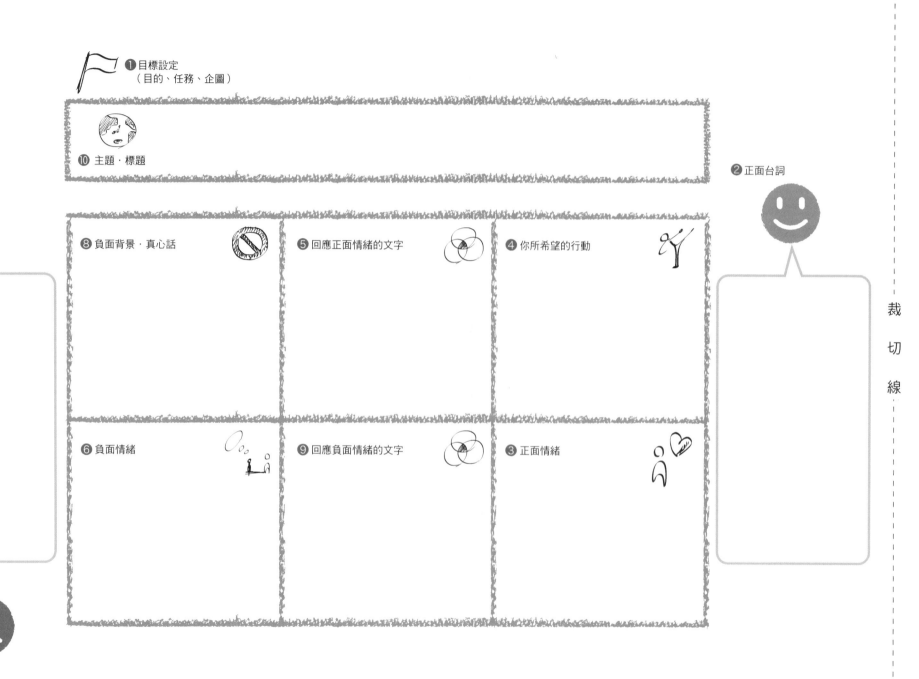